30ª edição

Vivina de Assis Viana
Ronald Claver

Ana e Pedro

Cartas

ENTRE LINHAS ADOLESCÊNCIA

Ilustrações: Sônia Magalhães

Conforme a nova ortografia

Atual Editora

Série Entre Linhas

Editor • Henrique Félix
Assistente editorial • Jacqueline F. de Barros
Preparação de texto • Lúcia Leal Ferreira
Revisão de texto • Pedro Cunha Jr. (coord.)/Edilene Martins dos Santos

Gerente de arte • Nair de Medeiros Barbosa
Coordenação de arte • Marco Aurélio Sismotto
Diagramação • Setsumi Sinzato
Projeto gráfico de capa e miolo • Homem de Melo & Troia Design
Produtor gráfico • Rogério Strelciuc

Suplemento de leitura • Maria Aparecida V. S. Pereira
Projeto de trabalho interdisciplinar • Maria Aparecida V. S. Pereira e Lúcia Leal Ferreira

Dados Internacionais de Catalogação na Publicação (CIP)

Viana, Vivina de Assis
Ana e Pedro: cartas / Vivina de Assis Viana, Ronald Claver ; ilustrações Sônia Magalhães. – 30ª ed. – São Paulo : Atual, 2009. – (Entre Linhas: Adolescência)

Inclui roteiro de leitura
ISBN 978-85-357-0297-2

1. Literatura infantojuvenil I. Claver, Ronald. II. Magalhães, Sônia. III. Título. IV. Série.

CDD-028.5

Índices para catálogo sistemático:

1. Literatura infantil 028.5
2. Literatura infantojuvenil 028.5

12ª tiragem, 2017

SARAIVA Educação S.A.
Avenida das Nações Unidas, 7221 - Pinheiros
CEP 05425-902 - São Paulo - SP - Tel.: (0xx11) 4003-3061
www.editorasaraiva.com.br
atendimento@aticascipione.com.br

CL: 810354
CAE: 575992

Impressão e acabamento : Gráfica Paym

ENTRE LINHAS ADOLESCÊNCIA

Ana e Pedro
Cartas

Vivina de Assis Viana
Ronald Claver

Suplemento de leitura

Ana mora em São Paulo, gosta de ler, de ir ao cinema, do mar; Pedro é de Belo Horizonte, torce para o Atlético Mineiro, escreve poesias, ama as montanhas.

Apesar da distância, e de não se conhecerem pessoalmente, esses dois adolescentes iniciam uma relação de amizade e afeto repleta de ternura, apoio mútuo e bom humor.

Tudo começa com uma conversa entre Ana e sua amiga Malu. Elas estão na praia e Malu vê um rapaz parecido com Pedro, seu amigo. Na despedida, Ana manda um abraço para aquele amigo que se parece com o moço da praia. Malu sugere então que Ana escreva uma carta para Pedro, e a garota acaba gostando da ideia.

Durante um ano eles trocam cartas, livros, postais, poesias, afetos... E, assim, vão se escrevendo, se conhecendo e se apaixonando.

Por dentro do texto

Personagens e enredo

1. Na obra *Ana e Pedro*, não temos uma descrição objetiva das personagens. Contudo, se você tivesse que explicar para alguém como são Ana e Pedro, como você os descreveria? Lembre-se de que algumas pistas são dadas pelas personagens nas cartas. Observe também a forma como cada um escreve, etc.

____

____

____

____

____

2. A personagem Ana assina Ana T., o que instiga Pedro a descobrir o que significa essa letra abreviada.

a) Em sua opinião, o que esse recurso provoca na obra?

____

____

b) Que dicas Ana dá para que Pedro descubra a origem do T. do seu nome?

____

____

____

____

3. Como Ana descobriu a origem do nome de Pedro e a data do seu aniversário?

____

____

____

7. Qual é a participação dos familiares de Pedro na sua relação com Ana?

8. Pelo que você pode observar, como é a relação de Ana com seus pais?

Tempo e espaço

9. Segundo Pedro, o mundo atual é contraditório, com um lado positivo e outro negativo:

Pedro e Ana vivem um tempo difícil. Há muito computador, televisão, videocassete, restaurante, parques, carros. Mas há também muita pobreza, favela, fome, mendigos, pivetes, políticos. (p. 48)

a) Você concorda com a visão de Pedro sobre o tempo em que vive?

b) Este livro foi escrito em 1989. Você acha que essas contradições apontadas por Pedro se acirraram ou se atenuaram de lá para cá? Justifique sua resposta.

16. A obra *João Ternura*, de Aníbal Machado, é muito citada no decorrer de *Ana e Pedro*. Leia a seguir um trecho desse livro em que a personagem João Ternura fala da sua impressão sobre o tempo a um amigo:

Antigamente não era assim; o tempo quase parava. Na frente... esperando a gente... Pronto para os acontecimentos!... Mal se ouvia então o barulho dos dias, o fechar das noites. Isso antigamente... E agora? "Olha só, Manuel, como o tempo disparou!... Olha a velocidade dos dias! Nunca vi tanto ano que vem passar para trás. Mal começa um, já é dezembro. Coisas que pareciam distantes vieram de repente para perto."

(Aníbal Machado. *João Ternura*. Rio de Janeiro: José Olympio, 1965, p. 125)

Agora é a sua vez. Escreva um parágrafo expressando como é a sua relação com o tempo.

____

____

____

____

17. Escrever um romance composto de cartas é uma técnica muito antiga. No século XVIII, por exemplo, o filósofo francês Jean-Jacques Rousseau escreveu *Júlia ou a nova Heloísa* utilizando esse recurso. Nessa obra, o jovem Saint-Preux ama sua aluna, a aristocrata Júlia, e é correspondido. Tudo parece favorável ao casamento dos dois jovens, mas o pai de Júlia, o barão d'Etange, jamais permitirá que sua filha se case com um rapaz pobre. Toda a trama se desenvolve a partir desse caso de preconceito social. Agora imagine que você é Ana ou Pedro e que o pai de um de vocês dois se opõe ao namoro, por algum motivo. Adotando o ponto de vista de Ana ou de Pedro, escreva uma carta a um(a) amigo(a), contando o conflito vivenciado pelo jovem casal.

Atividades complementares

(Sugestões para Música e História)

18. Nando Reis, Marisa Monte e Carlinhos Brown compuseram uma canção que se chama "E.C.T.". Você a conhece? Ela ficou muito conhecida na voz de Cássia Eller. Trata-se de uma canção sobre o tema "carta de amor". Descubra sua letra, traga-a para a classe e, se possível, ouçam-na todos juntos.

19. Em *Ana e Pedro*, um importante fato político é mencionado: a eleição direta para presidente em 1989, depois de um longo período de ditadura militar. Reúna-se com sua equipe de trabalho e faça uma pesquisa sobre a história do voto no Brasil, da proclamação da República aos nossos dias.

20. Em 1989, Fernando Collor foi eleito presidente. Depois de dois anos de mandato, inúmeras denúncias de corrupção envolvendo a cúpula governamental começaram a ecoar nos diversos canais de imprensa. Formou-se uma Comissão Parlamentar de Inquérito (CPI), destinada a apurar as irregularidades e Collor foi afastado do poder (sofreu *impeachment*).

Faça uma pesquisa e procure saber qual foi o papel da juventude nesse processo. Depois, imagine que você é um jornalista e escreva um artigo sobre a importância da participação dos jovens na política brasileira.

Atual Editora

4. Ana cresce e amadurece à medida que sua correspondência com Pedro se desenvolve. ("Fui te escrevendo e crescendo", p. 67). É certo, porém, que vários outros acontecimentos, independentes da relação com Pedro, também colaboram para esse crescimento, como a morte do pai de Ana. Na sua opinião, em que medida Pedro contribuiu para a transformação de Ana?

5. Releia o seguinte trecho:

   Pedro é mineiro. E corou quando leu "Pedro, meu amor". Pedro talvez não tivesse coragem de dizer essa expressão com tanta naturalidade, embora saiba que seja a expressão de seu coração. Pedro esquece suas raízes tímidas e do alto da Serra do Curral grita: Ana, meu amor (p. 48)

   Agora, responda: em que medida Ana também contribuiu para que Pedro mudasse?

6. Ao longo da correspondência, a relação entre Ana e Pedro vai se aprofundando. Na sua opinião, o que contribuiu para o crescimento da relação entre os dois adolescentes?

10. Releia o seguinte trecho:

Dois meses são uma vida. Tenho pressa. O mundo poderia ter acabado sem a sua resposta. Depois de 60 anos, digo dias, fiquei imensamente velho. Tenho sede do futuro. Acho que não vou durar muito. Cada minuto é uma eternidade. (p. 15)

Agora responda: como é a relação de Pedro com o tempo?

11. O tempo em que se passa a história é muito marcado tanto pelas datas das cartas como por um fato político que é mencionado pelos correspondentes.

a) Que fato político é esse?

b) Por que esse fato político é muito significativo para Ana e Pedro?

12. Ana não conhece Belo Horizonte e Pedro não conhece São Paulo, mas isso acaba sendo mais um motivo para que os jovens se aproximem. Como isso acontece?

Linguagem e foco narrativo

13. Conhecemos um pouco da personalidade das personagens a partir da análise da forma como elas escrevem suas cartas. Releia só as cartas de Ana e, depois, as de Pedro, anote o que você percebeu de diferente entre eles, no que se refere à forma de escrever.

____

____

____

____

14. Releia a carta escrita por Pedro em 31 de agosto de 1989 (p. 47-48).

a) O que ela apresenta de diferente no conjunto da obra, no que se refere ao narrador?

____

____

____

b) Que efeitos o emprego desse recurso causa na obra?

____

____

____

____

Produção de textos

•

15. "A esperança é um segredo que se revela no encontro" (p. 48). A partir desse verso, que Pedro enviou para Ana em uma de suas cartas, escreva uma crônica narrando como foi o encontro das personagens.

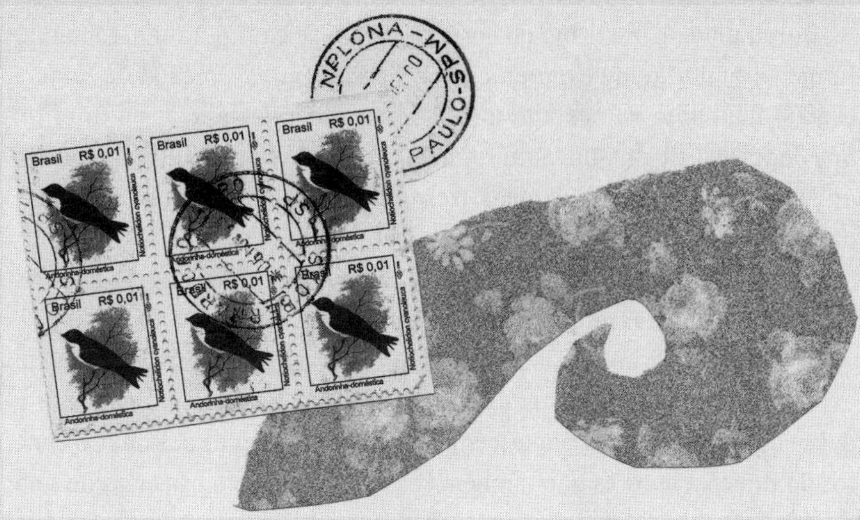

Ana e Pedro

Prefácio

Começou no final de 1988 e durou todo o ano de 1989: o ano de *Ana e Pedro*. E o meu ano de viver uma das minhas experiências mais felizes como editora.

Nossa equipe de edição, na Atual, era pequena e aguerrida: o Henrique Félix, assistente editorial, a Tânia Ferreira de Abreu na arte, o Renato Nicolai na preparação, o Noé G. Ribeiro na revisão, o Antônio Cabello e a Silvia R. Almeida na produção gráfica, para citar apenas alguns. Fizemos muitas coisas juntos, umas boas, outras melhores, mas acho que nunca havíamos nos envolvido tanto, e com tanta paixão — seja individualmente, seja como equipe —, na edição de uma obra.

O dia de trabalho se prolongava nos cartões e vinhetas que a Tânia e o Henrique traziam dos finais de semana, na leitura coletiva das cartas — manuscritas — que a Vivina e o Ronald iam mandando aos poucos, nas minhas conversas com a Vivina, por telefone, todas as noites...

Eram trocas de ideias, palpites, sugestões, notícias do Pedro/Ronald, cada um se empenhando, torcendo, se entregando...

Durou um ano, no ritmo do correio. O livro se configurando, tomando forma, virando "gente", o prefácio da Magda Soares e a capa da Angela Lago — haja mineiro neste livro, sô! — chegando, as provas de fotolito, a heliográfica... E um dia, num final de tarde, a Vivina e eu tomando chá no Viena, o primeiro exemplar fresquinho, saído do forno, na mesa, diante de nós...

E logo o Ronald ligando de Belo Horizonte, feliz da vida, e as pessoas começando a gostar muito, muito mesmo, deste livro.

Que nasceu assim, de uma ideia que tive a partir de uma experiência de vida — que é como, em geral, nascem os livros. E que teve uma história das mais felizes, lida por adolescentes e pré-adolescentes dos quatro cantos do Brasil — leitores que também se envolveram com as cartas de Ana e Pedro, e riram, e se emocionaram, fizeram debates e exposições nas escolas a partir da leitura, e escreveram pros autores contando, perguntando, concordando e discordando, sempre aplaudindo... Um livro imantado pela alegria e pela emoção dos autores, da equipe de edição, de professores e alunos.

Muita coisa mudou de 1989 pra cá. Algumas pessoas da equipe não estão mais na Atual Editora.

Confesso que, quando soube da edição com um novo formato, novo projeto gráfico, novo ilustrador... fiquei com uma baita duma dor de cotovelo. Mas aí o Henrique Félix, sensível e amigo, me convidou para fazer este prefácio, que me fez relembrar aquele ano vibrante e não me deixou completamente "de fora" desta história que agora recomeça — com certeza, com a mesma felicidade...

Sonia Junqueira

Belo Horizonte, abril de 2004.

Só entre nós

Em geral, nas histórias que lemos, há o narrador e há as personagens. O narrador diz onde, como, por quê, o quê... e as personagens vão representando a ação que ele inventa para elas, vão dizendo as palavras que ele escolhe para elas.

Vivina e Ronald quiseram romper a distância entre narrador e personagens, rebelaram-se contra o poder do narrador de dispor da vida de suas personagens. E Vivina, narradora de tantas belas histórias, fez-se personagem — fez-se Ana; e Ronald, narrador de tantas belas histórias, fez-se personagem — fez-se Pedro. E Ana e Pedro se buscaram, vencendo rios, mares, montanhas, e se encontraram em cartas, Ana/Vivina escrevendo para Pedro/Ronald, de São Paulo, Pedro/Ronald respondendo a Ana/Vivina, de Belo Horizonte. Durante um ano, cartas verdadeiras, tecendo uma trama de encontros, às vezes de desencontros, sobretudo de sentimentos e emoções — as personagens inventando elas mesmas sua história, dia a dia, carta a carta, donas de seus próprios destinos.

E a gente ganhou este livro em que nenhum narrador se intromete, este livro em que são só os três: o leitor, Ana e Pedro. Não, somos só nós três: eu, ou você, Ana/Vivina e Pedro/Ronald. Construindo, só entre nós, uma bonita história de descoberta do amor e da ternura. De descoberta do outro.

Magda Soares

Brasil 97
R$ 0,22
SÃO PAULO
BRASIL
CARTA POSTAL NACIONAL
PORTE SERIE
VIA AÉREA
PAR AVION

Oi, Pedro,

vou te avisando: você não me conhece.

Quem me falou em você foi a Malu, que eu conheci nas últimas férias, em Cabo Frio. A gente estava pegando umas ondas e reparou que tinha um cara olhando.

Perguntei se ela conhecia, disse que não. Eu também não. Aí, ela falou: "ele é parecido com um amigo meu. Só que o meu amigo é mais baixo".

Aquele cara não era alto, sabe, Pedro? Fico imaginando, então, que você é meio baixinho. Ou não?

Eu sou. Nem um e sessenta. Uma desgraça. Moro aqui em Sampa, tenho quase 17 anos, gosto de ficar de conversa fiada no telefone, de namorar vitrines e papelarias. Ah! Adoro ler.

Achei legal conhecer a Malu. Ela me deu seu endereço, na horinha em que a gente se despediu. Brincando, eu disse a ela que te desse um abraço. "Naquele seu amigo baixinho", falei. "Qual?", ela perguntou. "Aquele mais baixo que o cara da praia", falei. "Ah", ela riu. "Quer o endereço dele? Olha aqui, escreve para ele, garanto que ele vai gostar."

Estou escrevendo, mesmo sem saber se você vai gostar.

Se você responder, te juro que vou adorar. Adoro carta. Até coleciono. Cartas e lápis. Você coleciona alguma coisa?

Um abraço. O segundo, porque o primeiro a Malu já deve ter dado.

A "amiga" desconhecida,

Ana T.

S. Paulo, 22-11-88

Fabio Colombini

Belo Horizonte,
6.12.88.

Ana,
Nunca te vi, mas
acho que te amarei

Pedro,
evidentemente

P.S. Meu código
postal é 31540. Sua
carta custou a
chegar.

Ah! E este postal eu
trouxe de Curitiba,
por onde andei nas
últimas férias...

Pedro,

calma, cara! Qual é?

Te escrevo na melhor das intenções e você, sem nunca ter me visto, vai logo dizendo: "acho que te amarei"?

Você tá confundindo as estações, ou não entendeu nada.

Só tô querendo escrever e receber cartas. Falar de mim, saber de você. Aliás, você coleciona alguma coisa? Perguntei e você nem te ligo. Foi falando em amor, cortando tudo, atropelando. Assim você me assusta. Estou acostumada com as coisas do meu jeito, sabe? E o meu jeito é devagar, com calma.

Quando eu namorar alguém, vai ser só depois de muita conversa, convivência, troca de ideias.

Outra coisa: não ando querendo namorar ninguém, não. Ando querendo é trocar lápis, só. Outro dia, ganhei um superlegal. Da Nestlé. Todo branco, com sete lados (não é desses redondos, comuns), escrito Nestlé bem pequenininho, azul. Não fala em chocolate, iogurte, nada. Você gosta de iogurte?

Você gosta de quê, além de assustar a gente?

Não entendi seu cartão. Te escrevi falando em lápis e você respondeu falando em amor. Estou ficando com medo.

Tenho pai médico, mãe psicóloga, irmão mais novo, alguns amigos, inimigos acho que ainda não. De vez em quando alguém dá a maior canseira, mas passa.

Você tem algum inimigo?

Namorado não tenho e também não sei se você tá querendo saber isso. Nem sei se você quer saber alguma coisa, porque não falou nada. Foi logo mandando aquele cartão maluco. Será que você também é meio maluco?

Te imagino meio baixo (por causa da Malu, né), moreno, tênis, jeans, camiseta, paquerando as garotas do bairro e nem um pouco interessado em coleção de lápis. Nem em quem os coleciona.

Outra vez,

Ana T.

S. Paulo, 14-12-88

Belo Horizonte, 12 de fevereiro 1989

Ana, meu abraço

Li sua carta mil vezes. Ela não sai do meu bolso. O envelope já está um farrapo e as palavras amassadas.

Quando sua carta chegou, todos ficaram curiosos. Clara, irmã menor, não saiu do meu pé. Toda hora me perguntava quem era Ana. Como responder, se nem eu mesmo sei quem é Ana? Tive de fugir de todos. Fui gastar ruas.

À noite, quando já estava pegando no sonho, apareceu mamãe querendo saber de Ana. Menti. Falei que Ana era invenção de Clara, ou será que é invenção minha? A carta que recebera era da Biblioteca do Colégio me cobrando um livro emprestado. Minha mãe não engoliu minha história e disse pra eu tomar cuidado com cartas de desconhecidas. Mãe é mãe e é vidente e você sabe disso.

Caí no sonho e a primeira pessoa que apareceu foi você. Estava de biquíni e em Cabo Frio. Só que não havia mar, havia montanhas e montanhas. Um mar de montanhas e você era a única mulher no pedaço. As outras pessoas eram vendedores de picolés, cocos, peixes. Quando me aproximei de você, a montanha virou mar de novo e inundou toda a praia.

Não consigo me lembrar de seu rosto, de seu corpo. Só me lembro da água virando montanha de novo e de uma flor falando meu nome. A flor era você, certamente.

Acordei sobressaltado. Suava. Tentei recompor o sono. Nada. (Em tempo: não conheço o mar, nem Cabo Frio. Só sei que mar é um mundão de água escorrendo pelo planeta Terra.)

A água lavou meus olhos e o sono viajou pro mar. Lembrei de sua carta. Fui ao banheiro, tranquei a porta. Era madrugada. E enquanto o dia não clareava, pude beber suas palavras ao som de passarinhos madrugadores. Mas uma dúvida me assaltou. Sou desconfiado, matreiro, mineiro e me perguntei: "Será que Ana existe de verdade ou é uma gozação de algum sacana?".

Matutei bastante. Até cocei a cabeça e pus a mão no queixo como os filósofos gregos. E resolvi e resolvo bancar esse jogo. E digo pra mim: "Sou brinquedo nesta dança, barbante neste pião e quero ser feliz". E em paz comigo, faço de conta que tudo é verdade e entro de asas abertas nesta aventura. Neste enredo.

Malu é uma querida maluca que tem mania de me achar baixinho. Na verdade, não sou alto, talvez nem serei. Malu é grandona e acha que todo mundo deve ser do seu tamanho. Coisas de gente grande. Já minha mãe acha que esse negócio de altura é competição de gente besta. Diz pra todo mundo ouvir: "Homem não se mede com régua. Não é arranha-céu, Corcovado, ponte Rio-Niterói. Homem tem que ser é macho, honesto, trabalhador, o resto é conversa fiada". Aí tenho que concordar com ela. E mãe é mãe e você sabe disso.

Você me pergunta se gosto de alguma coisa (olhe que estou embarcando em sua viagem. Se você for de mentira, juro que te mato). Gosto de muitas coisas e detesto outras tantas. Sou vidrado em futebol. Gosto de futebol como se gosta de sorvete e de beijo no escuro do cinema. Futebol é a minha paixão. Qualquer dia desses arranjo coragem e vou treinar no meu Atlético Mineiro. Chego lá todo posudo e digo pro Zé das Camisas, o treineiro: "Me dá a camisa 9 e teremos gols pro resto da vida". Sonhar é bom e travesseiro é barato.

Afinal tudo é sonho, tudo é mel.

Os outros segredos ficam para o futuro. A sua existência ainda é mistério.

Na incerteza de sua resposta fica o meu abração e meu adeus,

Pedro

Pedro,

antes de te dizer que acho seu nome bonito, quero te contar que quebrei o braço, acredita?

Dia de chuva (aliás, noite), escada escorregando, sapato de sola lisa, pronto. Não precisou mais nada. Quando vi, já estava no último degrau, tudo doendo.

Na hora, o pior foi sua carta, que também não sai da minha bolsa, se espalhando pela grama molhada. E "a chuva chovendo", como dizia o Drummond.

Depois, o pior foi o braço quebrado, doído, engessado. Parado, sem poder escrever nem pra amigo desconhecido.

Falei com o médico que precisava escrever uma carta. Ele me olhou com cara de médico e disse pra eu escrever com a mão esquerda. Eu disse que não era uma pessoa tão habilidosa assim. Ele tornou a me olhar com a mesma cara e disse pra eu ditar a carta pra alguém. Eu até ficava parecendo gente importante com secretária e tudo. Aí eu fiquei calada. Vi que ele não sacava nada de carta, ainda mais pra amigo desconhecido, com um nome bonito feito Pedro.

Quando sua carta voou pela grama tive medo de que seu sonho voasse também e se perdesse.

Gritei meu irmão, ele chegou assustado, perguntando se eu tinha me machucado, se precisava chamar meu pai. Aí eu disse que queria que ele ajuntasse aquelas páginas espalhadas, só isso.

Ele quis saber carta de quem. Igual sua irmã. "De um amigo", falei. "Amigo, hein", ele falou. Aquele bobão pensa que nós dois somos namorados.

Achei seu sonho legal demais. Li aquele trecho da sua carta pra Sônia, uma garota da minha turma. Ela ficou arrepiada. Disse que queria ter um namorado assim.

Você ainda se lembra da cor do biquíni? Se for azul, então foi comigo mesmo que você sonhou. Só tenho um, porque prefiro maiô inteiro, faz mais o meu gênero.

O que eu achei mais legal no seu sonho foi você me chamar de "mulher": "A única mulher no pedaço".

Nem foi questão de ser a única. Só me chamam de garota, menina, guria (de vez em quando aparece algum gaúcho), mina, gatinha, boneca, até criança, imagina! Mulher foi a primeira vez. Fiquei com a maior vontade de sonhar com você só pra te escrever assim: "O único homem no pedaço". (Já te chamaram de homem?)

Se eu sonhasse com você ia ser ótimo, sabe por quê? Porque eu ficava te conhecendo. Sabendo se você é do jeito que imagino.

Não te imagino baixinho, pode ficar tranquilo. Só perguntei se você era, por causa do comentário da Malu, na praia. E acho que quem tá certa é sua mãe, nessa história de medir homem com régua.

Te imagino um cara bem brasileiro, um pouco de tudo misturado. Alto, baixo, gordo, magro, moreno, claro, alegre, triste, louco, manso, afinado, desafinado. Tudo junto.

Outra coisa: você disse que me mata se eu for de mentira. Perde seu tempo não, cara. Sou de verdade. Não tenho culpa se você não viu meu rosto nem meu corpo no sonho. Se só viu o biquíni. Era azul, não era? Pois quem estava dentro dele era eu. Garanto que você se lembra de mais coisas e não quer falar. Também a gente não se conhece, não é? Chato ir falando de pernas, braços e outras coisas logo na primeira carta.

Como diz minha mãe (ou minha avó), "há tempo pra tudo". Vamos com calma, que é melhor e mais sensato e, além disso, não posso me esquecer de que você é mineiro, "matreiro e desconfiado". Põe até a mão no queixo pra pensar, imagina!

Sabe que dá certo? Andei te imitando e achei genial. Procurei um filósofo grego nos livros de História, marquei a página com uma foto do José Wilker (não coleciono só lápis, sabe?) e fui pegar sua carta na bolsa. Fiquei lendo, olhando o filósofo grego com a mão no queixo e pensando em você. Aí aconteceu uma coisa interessantíssima: o filósofo foi ficando parecido com o José Wilker. Continuei lendo, olhando o José Wilker com a mão no queixo e pensando em você. Aí, Pedro, aconteceu uma coisa superinteressantíssima: o José Wilker foi ficando parecido com você.

Não parei mais de ler aquelas páginas amassadas. Um tempão te lendo, te olhando, te pensando.

Fala com a sua mãe que eu não quero te medir com régua. Nem com compasso, como diz o Gilberto Gil. Já sei que você tem um jeito brasileiro, misturado, mineiro, grego, cearense. O José Wilker é cearense, mas isso só quem coleciona foto é que sabe.

Vou te contar um segredo: nunca fui a um jogo de futebol. Sei que os times são diferentes por causa da cor da camisa. Mesmo assim, às vezes elas coincidem, não é? Já deu pra ver, na tevê, que alguns são preto e branco, como Vasco e Corinthians, acho. Ou Botafogo? Sei lá. Você não quer me ensinar?

Se você for treinar nesse seu time (Atlético, né?), quem sabe ainda te vejo na tevê? Aí, além da cor da camisa, preciso saber seu número. Ah, número 9, você falou na carta. Só tem um perigo: eu começar a achar que quem tá jogando é o José Wilker. Ou o grego de mão no queixo. Você sabe se grego gosta de futebol?

Olha, Pedro, tem uma coisa me chateando: levei dois meses pra te responder. Pensei até que ia chegar algum cartão seu, me cobrando. Ou que você ia telefonar. Depois, me lembrei de que você não tem meu número. Nem sei se é hora de te dar. Acho que sou meio mineira também. Devagar. Ou então existe mesmo tempo pra tudo, como diz minha mãe. Ou minha avó.

Eu não queria demorar tanto tempo. No princípio foi descuido. Não descaso, que é outra coisa. Depois foi o gesso do meu braço. (Ah, se você morasse aqui em São Paulo, ia assinar seu nome no gesso do meu braço.) Fiquei sentindo falta. Quase colei um pedaço da carta com a sua assinatura. Já pensou que legal? Papel cor-de-rosa (como é que você adivinhou que eu gosto de cor-de-rosa?) colado no gesso branco.

Todo mundo ia querer saber quem era o Pedro. Eu ia ficar rindo por dentro, misteriosa. Te guardando comigo, conhecido e desconhecido. Te escondendo. Escondendo seus sonhos de montanhas e de gols. Como se você fosse meu, mais conhecido que desconhecido.

Te beijo no queixo (tira a mão, tá?).

Ana T.

Sampa, 13-4-1989

Ana, Ana

De novo me surpreendi com a sua carta. De novo houve a curiosidade dos irmãos e o olhar perguntador de mãe.

A verdade verdadeira é que me esqueci de você. Logo que enviei a minha resposta, fiquei de tocaia esperando o correio. Passou um dia, passaram 3, 5, 17 e nada. Depois, como é de costume, fui acostumando com a sua ausência e quem se ausentou fui eu. Não mais fiquei na espreita e você conheceu o fundo mais fundo e escuro de minha gaveta.

De repente, o correio aparece e reconheço a sua letra. E lá vou eu abrir a gaveta e o coração. Colocar tinta na caneta, me armar de palavras e sonhos para religar os fios da imaginação.

Dois meses são uma vida. Tenho pressa. O mundo poderia ter acabado sem a sua resposta. Depois de 60 anos, digo dias, fiquei imensamente velho. Tenho sede do futuro. Acho que não vou durar muito. Cada minuto é uma eternidade.

Agora sei que você não é mentira. Não é nuvem, nem espelho. Não é ninguém da turma querendo curtir com a minha cara. Você existe. Tem unhas. Dentes. Escreve cartas. Quebra o braço. Gosta do nome Pedro e quer que eu te ensine a gostar de futebol.

Puxa vida, Ana, gostaria de sonhar com você de novo. Vou invocar as montanhas, os mares, se possível, os deuses. Faço força de pensamento. E rezo para que você apareça no biquíni azul. Eu disse azul? Estou mentindo. O biquíni não tinha cor, mas pode virar azul se assim queremos. Afinal, não nascemos acabados, perfeitos. Por isso te verei em sonhos e quem sabe ao vivo?

Sei que devemos dar tempo ao tempo, como diz sua mãe — ou vó? Mas tenho um truque que ajuda muito. Vou ler a sua carta 1, 3, 30, 90, mil vezes, depois deixo-a no bolso até que as palavras, as suas palavras, se incorporem ao meu corpo, ao meu sangue e tudo vire pele, tatuagem. Estarei sonhando?

Tiro as mãos do queixo para receber o seu beijo,

Até,

Pedro

P.S. Na próxima carta conto mais coisas. Conto como gostar de futebol, especialmente do Atlético Mineiro. Conto sobre a origem de meu nome. Em tempo: nunca ninguém falou que ele era bonito, por isso vou assuntar com mamãe a história do nome Pedro. Agora vou confessar uma coisa que está me matando. Já estou morrendo de ciúmes do J. Wilker.

Sempre,

Pedro

Belô, 26-4-89

Pedro,

a greve do correio tá me tirando o sono, por causa das nossas cartas.

Aí, apareceu o Alencar, vê que sorte! E ele te conhece! Mundo pequeno, não é?

Sem tempo pra te mandar uma carta, me consolo com esse cartão. Acho que você vai gostar dele. Eu gosto muito.

Estou começando a desconfiar que você gosta das mesmas coisas que eu. Pelo menos de algumas. Será verdade? Tomara.

Estou aqui, morrendo de frio, esperando sua carta, pelo correio ou pelo vento.

Ana

SP, 30-4-89

Pedro, Pedro,

ainda bem que a greve do correio não foi pra frente...

Vou acabar indo aí, só pra ficar sabendo o resto das coisas que você começa a dizer e não termina. Só insinua. (Estou te achando um cara muito insinuante...)

Você tá me deixando supercuriosa. Concordo que nem tudo o que a gente começa a dizer tem fim, mas podia ter ao menos continuação, não podia?

Vou te dar um — ou vários — exemplos:

1) Te pedi pra me iniciar em futebol. Você disse que, na "próxima" carta, vai me ensinar a gostar do Clube Atlético Mineiro. Por que na "próxima"? Se tivesse sido nessa que acaba de chegar e que não me canso de ler, talvez eu já estivesse te ajudando a ganhar algum jogo... Você não disse que tem pressa? Que o mundo podia ter acabado? Pois então? Ele acabava e eu morria sem nem saber as cores do seu querido, amado e idolatrado ("salve, salve!") time.

(Em tempo: sabe que o mundo quase acabou mesmo? No dia 23 de março um asteroide passou mais perto da Terra do que devia e a humanidade esteve por um triz. Você ficou sabendo? Li no "Estadão" e fiquei roxa de medo. E o pior é que em outubro esse asteroide vai voltar. O que consola e anima a gente é que o pessoal da Nasa pesquisou e concluiu que ele vai passar longe demais. Impossível qualquer choque. Só na outra volta dele, mas aí não é problema nosso. Não vamos viver bilhões de anos, vamos?)

2) Você disse que, quando minha carta chegou, foi "colocar tinta na caneta". Isso é verdade ou você tá fazendo poesia? Ando te achando com um jeito meio de poeta, sabia? Um jeito que me agrada muito.

Quero saber essa história direitinho. Se você usar daquelas canetas em que a gente coloca tinta, aquelas que ninguém usa mais, te juro que vou te achar o príncipe dos poetas brasileiros. Já disseram que era Guilherme de Almeida. Mentira pura. É você.

Ao mesmo tempo, te conto um segredo. Eu só uso daquelas canetas. Acho o maior charme. Todo o mundo acha, você já notou? Só que ninguém usa, não consigo saber por quê. Tão mais bonito. Tão antigo.

Você, que é mineiro e vive cercado de profetas e aleijadinhos, deve tirar de letra essa de antiguidade. Ah, Pedro, me conta, vai: é por isso que você coloca tinta na caneta? Você é antigo?

3) Você disse que acha que não vai durar muito. Não gosto de ouvir esse tipo de coisa. Fico arrepiada de puro horror. Penso logo em Aids, pô! Ah, Pedro, pelo amor de Deus, fala logo: você tava só fazendo poesia, não é?

4) Esta é superimportante: quando elogiei seu nome, pensei que você também fosse elogiar o meu. Cara desligado, você.

Você lê Ana T. no envelope e não consegue ficar nem um pouquinho curioso? Pensei que fosse me perguntar que T. era esse. Se era Ana Terra, ou coisa parecida.

Poderia até ser, se meu pai ou minha mãe gostassem do Érico Veríssimo. Eles gostam é de um escritor mineiro chamado Aníbal Machado. Já morreu, já morreu. Pai da Maria Clara Machado, sabe quem é? Aquela do Pluft, o fantasminha. *Lembra dos seus "antigos" tempos de criança? Pois é.*

Agora chega, não vou enumerar mais nada. Não tenho muita paciência com números. Aliás, paciência nenhuma.

Quero te dizer que achei a glória você com ciúme do José Wilker. Ciúme de mim, né? De mim com ele. Pena ele nem saber que eu existo, pra história ficar mais emocionante.

Sabe de uma coisa, Pedro? Estou acabando de ter uma ideia brilhante. Vou lhe escrever uma carta, assim como fiz com você. José Wilker, tevê Globo, Rio. Garanto que chega na mão dele direitinho. Nos olhos, no nariz. E tem mais: se ele já tiver lido o Aníbal Machado, vai sacar meu nome no ato...

Fico me perguntando se você estará de tocaia de novo, esperando o correio. Se estiver, vai se surpreender ao contrário, porque desta vez te respondi voando.

Recebi sexta, passei o fim de semana e o feriado de ontem, 1º de Maio, pensando em você e na resposta, e hoje estou aqui, não de tocaia, mas de plantão, te procurando.

*Exagerei dizendo que passei o feriado e o fim de semana pensando em você. Fiz mais coisas. Assisti a uns filmes no vídeo (*Viagem insólita, *com meu irmão,* Paris, Texas, *com meu pai), fui a duas festas, dancei.*

Não vi ninguém com a mão no queixo, tipo filósofo grego. Só gente de todo dia, tipo a gente mesma. Tudo igual, sem grandes nem pequenas surpresas.

Sabe que eu vou votar para presidente? Só não sei em quem, porque meus candidatos preferidos ficaram de fora. Pra você não ficar morrendo de curiosidade, te adianto que um deles é o Suplicy. Entre outras coisas, porque ele correu na São Silvestre, no último dia do ano. Um homem de grandes e pequenas surpresas.

Os outros são segredo. Estou te imitando. Começando e não terminando assuntos que podem não ter fim mas têm, certamente, continuação. Na próxima a gente continua.

Hoje, quem tira a mão do queixo sou eu. Quem sabe, assim, você me manda um beijo?

Até,

Ana

P.S. Comecei esta carta dizendo que vou acabar indo aí. É verdade. Mas não quero saber só do resto das suas conversas. Quero saber de você.

Sempre,

Ana

S. Paulo, 2 de maio de 1989

Ana, Ana. Sempre Ana

Já estava rascunhando esta carta, quando recebi seu cartão. Faço o seguinte. Deixo esta carta do jeito que está e respondo o cartão quando chegar em Peçanha. Você conhece Peçanha? Nem eu. É que os professores do meu colégio estão em greve e meu pai irá até lá fazer um trabalho para a prefeitura. Vou com ele. Ele diz que Peçanha é uma cidade centenária escondida no mapa de Minas. Deve ser uma cidadezinha gostosa e devagar. Depois te conto mais de Peçanha. Quero te escrever de lá.

Quero te dizer, Ana, que não sou misterioso. Não sou de guardar segredos ou inventar histórias. É que as coisas acontecem quando têm que acontecer. É só aparecerem as andorinhas-tesouras pra gente saber que vai chover. O inhambu-xororó só canta quando anoitece e clareia o dia. Acho que o mundo deveria ser governado pelos animais. Eles sabem tudo da natureza e não haveria poluição nem desmatamento.

Vou tentar responder tudo que me pede, não quero que pense que faço charme ou que sou insinuante. Quero é insinuar.

1º — Você me pede para iniciá-la no futebol e a gostar do meu Atlético. Na verdade não sei como fazer isto. É como ensinar a alguém o que é o amor.

A propósito, você ama ou já amou alguém? Essas coisas de gostar acontecem sem a gente querer. Agora você não imagina a emoção que me dá quando vejo o time jogando. O meu mundo se transforma. Vira uma bola preta e branca (as cores do Atlético) e bagunça o meu coração. Quando você começar a gostar do Galo (símbolo e apelido do Atlético) você vai entender tudo, talvez até o amor. E não vai saber explicar nada. Certo?

2º — Poeta não sou. Gostaria. Uso caneta-tinteiro de verdade. Tenho uma Parker 51 que herdei de Vô João. Dela não me separo. É meu terceiro braço.

3º — Sou contraditório. Gosto de ver a tinta da caneta inventando rabiscos no papel. As palavras e desenhos surgem lentamente. Mas tenho pressa de viver. Por isso te falei em morte. Tenho medo de não dar conta de tudo o que quero. Tenho fome do futuro.

Não se preocupe. Doenças não tenho. Só que meus sonhos não cabem em minhas mãos. Espero que nenhum asteroide caia em minha cabeça.

4º — O "T" de seu nome me deixou encabulado desde a primeira carta. Fiz suposições, adivinhações. Pensei até bobagens. Só não tive coragem de escrever essas coisas. Agora conto. Se você não gostar, me perdoa ou xinga, tá?

Esses dias fui a uma discoteca (ainda prefiro samba). 3 000 pessoas. Uma zoeira. E no meio das Legiões Urbanas, Paralamas do Sucesso, Titãs, Michael Jackson e A-Ha, mil gatinhas, gurias, garotas.

Aí tentei decifrar o "T" de seu nome. Apareceu uma "menina" de rosto corado, cabelos vermelhos, bonita de doer e a chamei de Ana Tomate. Enquanto me enamorava de Ana Tomate surge uma morena de fazer inveja a Iracema de José de Alencar, de dar sede e só poderia se chamar Ana Tutu.

E Ana Tutu passeava nos meus olhos, quando uma gatinha, muito graciosa e formosa, de trança e sardas, desfila no salão de meus olhos substituindo a Tutu. Era a Ana Teteia.

E naquela indecisão — a Tutu valia mais que a Tomate e menos que a Teteia? — irrompe, na passarela, uma mulher de vestido azul, que me lembrou o seu biquíni. Fiquei extasiado e estático diante daquela mulher que mais parecia uma lua quarto crescente e bonita e esguia como uma onça negra. Não tive nenhuma dúvida. Aquela Ana só podia ser a Ana Tesão.

Apesar da irreverência que seu "T" provocou, fui ao Aníbal Machado: surpresas e coincidências. A bibliotecária é sobrinha dele. E contou que a Tia também é escritora. A Lúcia Machado de Almeida. Fui fundo nos parentescos e descobri que o marido de Lúcia é irmão do Guilherme de Almeida, o seu príncipe dos poetas. Viro detetive qualquer dia.

Pergunto. Onde se encontra seu "T" em Aníbal? Será que é em Tati, a garota? Preferia que fosse em Duília. Amei a história da viagem aos seios de Duília.

Depois de tudo que li do Aníbal, ficou uma certeza: o Zé Wilker nunca leu os seios de Duília.

Pedro (com saudade de seu beijo, por isso tiro novamente a mão do queixo).

P.S. Revelo um segredo. Você começa a fazer parte de meus projetos. Comprei caquis e guardei um pra você. Você gosta de caqui?

até

Pedro

Belo Horizonte, 15-5-89

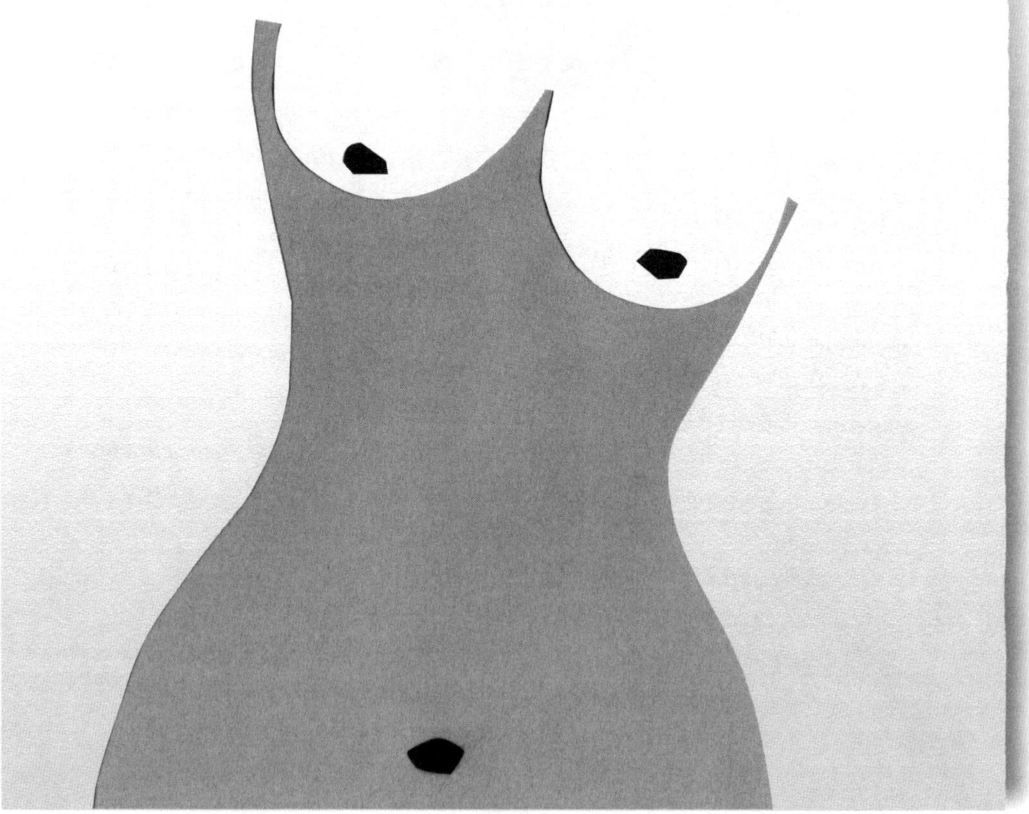

Ana, Ana

Estou em Peçanha. Aqui o tempo anda devagar. As horas parecem ter mais de 60 minutos. Ninguém tem pressa. nem os cachorros. É uma cidade muito amiga. Aqui todos se conhecem. É como uma grande família. É um outro mundo. Diferente da cidade grande onde tudo é elétrico e automático.

Você desconfiou certo. Gostei e gosto do seu cartão. E para o seu governo, coleciono cartões.

Outra confissão: senti saudades de você. Não me pergunte a razão. Não há razão.

Esta semana foi legal. Aproveitei bastante. Passeei, joguei bola. E participei do "footing" depois da missa. Sabe o que é "footing"?

Pedro, o novo cidadão
de Peçanha
26-05-89

Ana Ternura

Quando cheguei de Peçanha a primeira coisa que ouvi de claro foi:

— Chegou um livro pelo correio, acho que é daquela menina de São Paulo.

Nem desarrumei a mala. Fui logo ao livro. Surpresa grande. Nome do livro: *João Ternura*, de Aníbal M. Machado. E a chave do mistério de seu "T". Agora, além de *tomate, teteia, tutu, tesão*, será sempre *Ternura*.

E a dedicatória? Fiquei grilado. Afinal você me chamou de insinuante na última carta. Empatamos então quanto às intenções. Reescrevo a dedicatória:

Pedro
ando te querendo conhecer
ou melhor, ando querendo
te conhecer.
Ou melhor, ando querendo
Ana.

Também quero o que você quer. E tem mais: te mando um beijo apertado.

até Pedro

P.S. Você recebeu meus cartões de Peçanha?
Belô, 6/6/89

Pra você pensar:

"esperar é um atoa
muito ativo"
(Guimarães Rosa)

Sampa, 15-6-89

Pedro,

recebi tudo:

a) a carta em que você pergunta se amo alguém;
b) os cartões de Peçanha;
c) a carta em que você descobre meu nome;
d) o LIVRO!!!

Vou fazer como minha mãe costuma mandar, começando pelo princípio. Minha mãe é assim. Quando meu quarto fica bagunçado demais e eu nem sei por onde começar a arrumação, ela diz: "comece pelo princípio, Ana".

Como se fosse fácil. Ou como se a gente soubesse onde fica o princípio de uma bagunça.

Nunca vou pensar que suas cartas e cartões são bagunças, mas se não colocá-los em ordem (de chegada, pelo menos), sabe quando é que eu vou conseguir te responder? Pois é, isso mesmo que você pensou. NUNCA!!!

Hoje, estou muito exclamativa e maiúscula. Fica por conta do entusiasmo que ando sentindo com essa nossa troca de notícias e outras coisas. (Eu ia dizer notícias e afetos, mas não tive coragem.)

Então, vamos lá.

a) Você pergunta se amo alguém.

Pedro, Pierre, Peter, Petrus, sabe que seu nome é bonito de todo jeito? Só não gosto de Pedrinho.

De vez em quando me chamam de Aninha. Aí, dependendo da pessoa, tudo bem. Se algum dia você me chamasse assim numa carta, eu ia achar o maior barato. Até ia ficar imaginando o tom da sua voz. Tenho te imaginado muito. Vontade de saber como é que você é, de verdade, pra valer. Cor de olho, cabelo, jeito do rosto. Vontade sabe de quê? De te ver me escrevendo. Saber das suas mãos, se você tem dedos finos ou curtos.

Estou falando besteiras? Pode ser. Assumo todas, não me importo.

Achei superbonitos aqueles troços que você falou sobre os passarinhos e a natureza. Aliás, eu já ia te perguntar como é que você sabe essas coisas, mas não vou mais. Você sabe, e pronto.

É como o Atlético e o amor, não é? Li sua carta muitas vezes e acabei entendendo. Você tem razão, viu, Pedro? A gente não tem que ficar perguntando nem o outro respondendo, a gente tem é que sentir.

Só quero te falar uma coisinha pequenininha: você disse que, quando eu começasse a gostar do Galo, ia entender tudo, até o amor. Não pode ser o contrário? Se puder, acho que dentro de pouco tempo estou andando por aí com camisetas preto e branco.

Só mais uma coisica: se eu amo alguém? O que é que você acha?

Se algum dia a gente se conhecer, você me mostra a Parker 51? Te mostro minha coleção de lápis.

Eu também quero fazer muita coisa, no futuro. Muito mais que uma coleção de lápis. Só não sei direito o quê. Esse negócio é difícil, não é? Tomara que aconteça igual no amor. De repente, a gente descobre.

Ah, Pedro, e suas dúvidas sobre o meu nome? Prefiro o último, sabe por quê? Por causa da "mulher" de vestido azul. A Ana Tomate é uma "menina", a Tutu uma "morena", a Teteia uma "gatinha". Continuo gostando de ser chamada de "mulher". A "única no pedaço", lembra?

Quanto ao Aníbal Machado, não se preocupe. Qualquer dia desfaço esse mistério. É só você ter calma e paciência e confiar no correio.

Por enquanto, te adianto que não sou a Tati. Nem a Duília, que abriu a blusa e mostrou os seios pro namorado, numa procissão. Como você vê, eu também li. Pena que coisas bonitas assim só aconteçam nos livros. Se o José Wilker nunca leu, está perdendo.

ADORO CAQUI!!! Manda logo o meu, pô!

Beijo da

Ana

(no queixo e na mão que me escreve).

b) Os cartões de Peçanha.

Pedro, Pedro,

Como é que eu faço pra conhecer essa "cidade escondida no mapa de Minas", como disse o seu pai? Acho que ele também é poeta.

Nunca fui numa cidade tão pequena. Conheço São Paulo, Campinas, Santos, Guarujá, Jundiaí, Atibaia, Sorocaba, Cabo Frio, Rio, Niterói, algumas outras.

Peçanha é menor que a ponte Rio-Niterói, não é? Pelo menos, é o que a foto parece dizer. Gostei dos dois cartões. Tentei descobrir, naquele que mostra a cidade inteira, onde era a rua que o outro detalhava. Não consegui. Tão difícil quanto o futuro da gente.

Mais do que dos cartões, gostei de ler você dizendo que sentiu saudades de mim. Não, não vou te perguntar a razão. Já aprendi: a gente sente e não sabe nem precisa explicar.

Não sabia o que era footing, *mas a gente tem pai pra quê? Agora já sei.*

Ana

a que quer conhecer Peçanha.

c) Você descobre meu nome.

Pedro,

Viu? Nem Tati nem Duília.

E tem mais: nunca ninguém tinha me falado em beijo apertado. Muito menos mandado. É igual abraço? Te mando um, apertado e comprido.

d) O LIVRO!!!

Ah, Pedro,

quando meu pai disse que tinha um pacote pra mim, parecido com livro, trazido pelo correio, gelei. Pensei que fosse o João Ternura *voltando. Que azar, pensei.*

Quando reconheci sua letra e arrebentei o barbante, quase não acreditei: Nunca te vi... sempre te amei.

Ano passado um colega me convidou pra ver o filme com ele. Fez o maior sucesso aqui. Aí também, com certeza. Não fui. Eu andava meio grilada com esse cara, achando que ele estava querendo me namorar e, pra variar, eu não sabia nada de mim. Hoje, percebo que ele só queria ir ao cinema, mesmo. Meus grilos, pura bobagem, me deixaram sem conhecer o filme.

Melhor assim, sabia? Ainda que eu soubesse que era uma história de amor por correspondência, não imaginava qual história. De que jeito, com que cara. E é um jeito lindo, não é não? Fiquei apaixonada. Até chorei. Não na hora em que ele morreu (você não vai morrer, não é, Pedro?), mas na hora em que ela chegou em Londres depois de tantos planos e sonhos. Isso, segundo a orelha do livro, o filme não mostrou. O livro tem uma "segunda parte" que o filme não tinha. No filme, a história acaba com a morte. No livro, continua. Prefiro assim, continuando. A gente chora, mas não é só sofrido. Bonito também, muito.

Muito, muito mais bonito que tudo, a sua dedicatória, que vou até escrever aqui, de tanto que eu gosto:

> *"Ana*
> *acho que este livro*
> *diz alguma coisa para*
> *a gente.*
>
> *Pedro*
>
> *P.S. Nunca te vi, mas acho que já te amo."*

Tomara.

Ana T.

que também nunca te viu.

Pedro,

chega de enrolar

o que eu quero mesmo
é dizer que te amo

Ana T.

Beagá, 22/6/89

Ternura de Ana, bom dia, hoje 22, duas pombas namoram nos telhados de minha casa. Pedrita, a cadelinha de Clara, me espia da porta. O Galo venceu o Uberlândia de 5 x 1. E o Botafogo foi campeão.

Ana Ternurinha sempre Aninha — vontade mesmo é cair na estrada e chegar até aí. Vontade mesmo é pegar carona num caminhão, carroça, bicicleta ou avião e aparecer inteiro nos seus olhos.

Ana T.

Não vou dizer que fiquei emocionado com a sua carta. Não vou dizer que me deu vontade de te ver imediatamente. Não vou dizer que o coração bateu apressado e algumas lágrimas surgiram nos olhos.

Não vou dizer que quis gritar seu nome pelas ruas, contar para Clara nossa correspondência, abrir com a turma e até beber cerveja.

De repente senti a mesma emoção de um gol, um gosto de picolé na boca e a promessa de festa de aniversário.

Depois saí andando por aí. Gastando tênis e esquinas. Solto. Sem pensar em nada. Sem ver nada. Até que você se acalmou em mim. Aí parei. Coloquei a mão no queixo e deixei o pensamento solto. Livre. E sonhei com o mar, com a mansidão de Peçanha, com sua coleção de lápis. Sonhei com as cidades que você conhece. E tudo virou realidade. Afinal, a vida é sonho. A realidade é um pedaço da morte. Aí, Ana T., resolvi esperar. Tempo ao tempo. Mãe sempre diz: "o rio não tem pressa em virar mar, porque sabe dos caminhos". É isso. E depois é como diz o Pompeu: "a gente, quando ama, fica idiota". Estarei amando?

Minha querida Ana — as pombas continuam se bicando. Pedrita dorme. Estou mais leve depois do desabafo. Me desculpe a enxurrada de palavras. Era preciso. Meu coração transbordava. Transbordou. Rio gosta é de correr a geografia. Não gosta de represa. Assim também são os bichos, as ruas das cidadezinhas do interior. E assim também deve ser o amor.

Não há mesmo jeito. Meu assunto é um só. Não consigo falar de outra coisa, a não ser do amor. E o que é amor? Talvez as pombas saibam.

Não te enrolo mais, um beijão e aleluia!

do

Pedro

P.S. Depois te escrevo contando as coisas da vida. Do dia a dia, do calendário.

Por enquanto, fica o coração

Pedro

S. Paulo, 28-6-89

Ah, Pedro,

se eu não andasse triste nos últimos dias, sua carta teria me deixado nas nuvens.

Li várias vezes, o coração batendo forte. E depois dei um beijo demorado no seu nome, no fim. Acho que você também me beijou.

Bem de noite, dormi com ela debaixo do travesseiro. Fiquei pensando que isso talvez me ajudasse a sonhar com você. Não aguento mais de vontade de te ver.

Não te vi. Não sonhei com você de jeito nenhum. Nem de camisa azul. Seria legal, não seria?

Guardei a carta na mochila e estou andando com ela pra lá e pra cá. Na escola, no ônibus, no supermercado onde fui comprar uns tomates pra minha mãe fazer os sanduíches preferidos do meu irmão. Acabei comprando caquis também. Você sabe por quê.

Hoje à noite vou tirar a carta da mochila. Outro dia, minha professora de inglês foi assaltada e levaram tudo. Documentos, talões de cheque, dinheiro, agenda, fotos, bilhetes.

Se levarem sua carta, fico mais triste do que já estou.

Ando triste por muitos motivos. Nem sei se vou conseguir te falar tudo. Mas o principal você vai entender.

Perdi um amigo, no último dia 10. Acidente de carro. Óleo na pista, abismo, hospital. Nada que pudesse ser feito.

Todo mundo gostava dele. Era um cara legal, pra cima. Um cara que fazia bem pra gente. Meio poeta, assim como você. Um dia, sem mais nem menos, ele me disse: "Não há meio das coisas seguirem junto com o homem".

Quando ele me disse isso, não dei muita importância, nem entendi direito.

Agora, depois que ele morreu, essa frase fica diferente, não fica? Parece que ele queria dizer outra coisa. O pior é que eu penso, penso e não adianta nada, porque não tem mais jeito de conversar com ele.

Outra pessoa que morreu foi a mãe de uma amiga minha. Semana passada, dia 23. Ela morreu no interior, mas a minha amiga vai man-

dar celebrar uma missa aqui e eu vou. Eu gostava muito da mãe dela e ela também gostava de mim. Vivia dizendo que rezava pra mim num terço que eu tinha levado pra ela, há muito tempo. Agora a minha amiga trouxe o terço de volta, e eu lhe disse: "fica pra você".

E tem também a Nara Leão, que o pessoal mais velho curte muito, não é? Lá em casa, meu pai e minha mãe só admitem tirar o disco da Nara da "radiola" (minha mãe fala assim, você acredita?) se for pra trocar por um do Paulinho da Viola: "as coisas estão no mundo, só que eu preciso aprender".

A Nara morreu dia 7. Três dias antes do meu amigo, que também gostava dela.

Meu pai disse várias vezes que esse mês de junho tá muito pesado.

A professora de inglês também. Você sabe que, depois da bolsa, ela ainda ficou sem o relógio e um cordão de ouro? O pior é que foi aí em Belo Horizonte.

Ela foi visitar uns parentes e roubaram o relógio dela na rua, à noite. Um cara passou correndo e, quando ela viu, o braço estava vazio.

Poucos dias depois, num sábado de manhã, ela foi fazer compras (na praça Raul Soares, se é que eu entendi o nome direito) e ficou sem o cordão de ouro com um coraçãozinho muito legal, presente do namorado.

Toma cuidado, viu? Guarda seu relógio e esconde o cordão, se você tiver. Outra coisa: você mora perto dessa praça Raul Soares?

Eu estava pensando em ir até aí nas férias, mas tô perdendo a coragem. E se sumirem comigo?

Minha turma vai fazer uma excursão nas cidades históricas, e talvez fosse uma boa, não?

Preciso conversar em casa, ver se o dinheiro dá, essas coisas.

Eu queria tanto te conhecer! Começar a trabalhar também. Já pensou que barato ter o próprio dinheiro? Viajar, comprar disco, livro, chicletes, o que te der na cabeça?

Se eu for aí, como é que eu te encontro? Tenho seu endereço, é claro, mas acho que me falta coragem pra tocar a campainha da sua porta e dizer: "sou a Ana".

E se não for você do outro lado? E se perguntarem "que Ana?" Se eu responder "Ana Ternura", fica pior ainda.

Ninguém acredita que meu nome é de verdade. Quando eu era pequena e ia brincar de faz de conta, brincava de Ana T. Todo mundo achava que eu era de mentira. Quer dizer, que a Ternura era de mentira.

Ando querendo outras brincadeiras. Sei que sou de verdade, que sonho e que fico triste.

Sei principalmente que também te amo.

Muita ternura da

Ana T.

Olá, Ana!

Esta carta não tem pé, tampouco terá cabeça. Só não falará de amor. Do pouco um tudo. De tudo um nada. Nem espero resposta das lereias da última carta. Terei resposta?

Minha Constituição está pronta e acabada. É simples. Prática, leve e única. Tem apenas um artigo e é único:

Pedro Deve Amar Ana Acima de Qualquer Ordem ou Progresso.

Invento uma história. 4 personagens (contando com o que chegará). Caberá a você terminá-la e dar nome, cor e alma aos personagens.

A — Será que ele vem?

B — (olha para A e não responde)

C — E se não vier?

A — Ele prometeu.

B — Promessa não é dívida.

C — Gosto dele de bigode.

A — (olha para C com reprovação) Ele nunca usou bigode.

B — O bigode suja a cara.

C — Ele de bigode fica lindo. Parece com o Omar Sharif.

A — Se ele vier de bigode não olho para a sua cara (a cara dele).

B — Não se preocupe. Provavelmente não virá.

C — Ele vem e vem de bigode. Tenho muita certeza. Até sonhei com o Omar Sharif.

A — Você sonha demais.

B — Sonhar é bom. Uma vez sonhei que o meu quarto pegou fogo. Já estava sufocada quando chegou um bombeiro grandão e me salvou.

C — O bombeiro tinha um bigodão?

A — Ele já está atrasado.

B — Não me lembro se o bombeiro tinha um bigodinho ou bigodão.

C — Faz força que o sonho reaparece. Quero o bombeiro com bigodão.

A — Da última vez esperamos horas e horas e ele nem telefonou.

B — Já estou lembrando, o bombeiro não tinha nem bigodinho nem bigodão. Aliás nem era bombeiro, era uma bombeira.

C — Ah!

A — Mas virá hoje. Não ganharemos bolo.

B — Adoro bolo com creme de *chantilly*.

C — Se vier sem bigode, não o recebo.

A — ...

(Senhoras e Senhores, o espetáculo continuará sob a batuta da mui querida e *fermosa* Ana T. Não percam o próximo capítulo de *A visita*. Fica uma pergunta: Será que ele vem?)

De Sting, Raoni, Sabiás e Curiós vem a moda. O hoje agora. Melhor ULTRAJE A RIGOR será guitarra de tacape, farofa de formiga, aipim, tabaco e cocar. Tudo isso na cor verde desbotada. E quando eu morrer pedirei ao Papai do Céu para passar a semana no céu e o fim de semana no inferno.

Ana T., T. de Ana. Teana. Não conheço mar. Montanha. Domingo na Serra do Curral (esta serra ainda circunda a minha Belô — as multinacionais estão doidas para acabar com ela e com a cidade) fizemos um piquenique.

Um convescote. Convescote? Apesar da palavra, foi legal. Legalíssimo. Mar não há. Ar de montanha é fundo de mar. É escasso. Pouco. Senti-me náufrago. Afogado no pó de minério. Mergulhei nas suas ondulações. Montanha há. Mistério e silêncio. Pensamento voou. Qual gavião. Buscando as grimpas, as nuvens. Mergulhei no seu mar. No seu ar. E lá e cá estava você no meu convescote (Argh!) rindo, comendo sanduelo de mortandiche, dizendo que gosta de Cae e Pink Floyd. Tempão de conversa. Cara a cara. Tirei as mãos do queijo, digo queixo. Mas você não tirou. Quase um beijo. Tudo para depois. E depois?

Mulher. Moça. Menina. Montanha vira mar. Sol. Sal.

Um pedaço de mulher que cabe num biquíni azul lá no Cabo Frio. Noite. Agora tudo é igual: mar, montanha.

Brasil vota presidente. Eu voto. Você vota? Não quero jogar meu voto fora. Quero um presidente com a mistura do tatu-bola, onça-pintada, coruja, olho de águia, tamanduá, lobo-guará, cascavel e carcará. E a China? Olhos apertados, cabelos lisos, Praça Celestial, tanques, tanques, soldados, soldados, soldados, soldados.

Em nome da liberdade mata-se muita gente. Aids, amor, sexo. Até de amor se morre. Paixão. Paz. Você morreria?

Só saudade. Sol. Montanha. Mar.

Com as mãos livres e soltas

Um
beijão do

Pedro

Beagá, 29-6-89

P.S. Sabe que dia é hoje?

Pedro,

te escrevi uma carta triste pra burro, há dois dias. E recebi uma sua hoje. Legal, divertida, só me fez bem.

Você até me propõe uma brincadeira. Ou um jogo, sei lá. Seja o que for, eu me senti desafiada. Vamos lá?

A — *Só quero ver.*

B — *Eu também. Apaixonada do jeito que você está...*

C — *Só pelo bigode.*

A — *Já fui muito além.*

B — *Da paixão?*

C — *Do bigode?*

A — *Vocês não têm outro assunto?*

B — *Sabemos que não.*

C — *Não sei de nada.*

A — *Você é mesmo do contra, hein, Carol?*

B — *Calma, gente. Precisamos ouvir a campainha.*

Carol — *Se ele tocar.*

A — *Vai tocar. Ele precisa da gente, não precisa?*

B — *Acho que é o contrário, Adriana. Precisamos dele.*

Carol — *Preciso do bigode dele.*

Adriana — *Pode-se saber pra quê?*

B — *Pra sonhar com o Omar Sharif.*

Carol — *Outra vez?*

Adriana — *Por que é que você não pega uma foto do Omar Sharif, põe na bolsa e sai com ela por aí? Dorme junto, almoça, toma banho?*

B — *Essa história começa a ficar interessante, mas eu prefiro o José Wilker.*

Carol — *Deus me livre! Esse cara só sabe ficar com a mão no queixo. Além disso, não tem bigode.*

Adriana — *Depende do papel.*

B — *Que nada! O José Wilker é o cara mais charmoso do mundo. Põe qualquer Omar Sharif no bolso. Vocês já repararam na voz dele? A gente vai pras nuvens!*

Carol — *E depois leva um tombo sem tamanho, não é? Deixa de ser besta, Bia. Já que é pra sonhar, sonha pra valer. Agarra logo o Omar Sharif que, entre outras coisas, não nasceu no Brasil.*
Adriana — *E onde foi que essa maravilha nasceu?*
Bia — *Sei lá.*
Carol — *No Egito, queridas. Vocês por acaso já viram algo mais original?*
Adriana — *Só bombeiro salvando a Bia do incêndio.*
Bia — *Você tá com inveja do meu sonho, sabia? E agora, lembrando ainda melhor, não era bombeiro nada. Eu só não queria contar pra não ter que dividir a emoção com vocês. Quem me salvou foi o José Wilker, em carne e osso. Com aquela voz e tudo.*
Carol — *Não me diga!*
Adriana — *Será que ele nasceu lá na Globo?*
Bia — *Não duvido nada.*
Carol — *Vocês são muito mais ignorantes do que eu pensava. Ele é cearense, igual ao Fagner.*
Adriana, dando um pulo na rede: *A CAMPAINHA!*
Bia, ajeitando a franja com os dedos: *Será que ele veio?*
Carol, abrindo o portão do jardim e fazendo uma reverência: *a casa é sua, VISITA!*
Entram duas pessoas. Uma de bigode, outra com a mão no queixo.
Adriana, gaguejando: *Vocês dois???*
Bia, tirando a mão dele do queixo: *Do Ceará, diretamente pros meus braços!*
Carol, alisando o bigode dele: *Do Egito, diretamente pros meus sonhos!*

Tá vendo, Pedro? O José Wilker apareceu de novo, e com a mão no queixo, mas você pode ficar tranquilo. Quem tá sonhando com ele agora é só a Bia.

Meus sonhos são outros, você sabe. Meus sonhos vão todos na direção da Serra do Curral, que ainda circunda Belo Horizonte, e onde você fez o piquenique, ou convescote, com sanduíche, sol e sal.

Meus sonhos te procuram. Te buscam, te querem.

Não vou aí nessas férias de julho. O dinheiro anda curto, fazer o quê?

Se eu fosse, o roteiro ia ser o das cidades históricas, como já te disse. E eu tinha também pensado em ficar um pouco aí em Belo Horizonte, vendo o Festival de Inverno.

Uma vez, em Campos do Jordão, participei de uma oficina de texto e achei um barato.

Gente superinteressante, mais velha do que eu, mais nova, da minha idade. Todo o mundo escrevendo. Advogados, estudantes, donas de casa, psicólogos, todo o mundo lendo o que escrevia. Corrigindo, curtindo. Se curtindo.

Ainda lembro alguns nomes: Jairo, Sueli, Edson, Patrícia, João Bosco, Beth, Cristina, Ronald, Lúcia, Elias, Barbra, Eloiza, Zé Roberto, Cláudio.

A gente se escreveu durante algum tempo, depois parou.

Não quero parar de te escrever. Nem de te pensar. Muito menos de te gostar.

Te gosto, Pedro.

Também solto as mãos, completamente.

Ana T.

P.S. Você escreveu no dia 29 de junho e perguntou se eu sabia que dia era. Sei essas coisas todas. Dia de São Pedro. Seu dia, né? Parabéns, pô!

Olha, sei também:
Treze de dezembro, Santa Luzia;
Três de outubro, Santa Terezinha;
Quatro de outubro, São Francisco de Assis;
Treze de junho, Santo Antônio;
Vinte e dois de maio, Santa Rita;
Dezenove de março, São José;
Vinte de janeiro, São Sebastião;
Vinte e cinco de julho, São Tiago;
Vinte e quatro de junho, São João Batista;
Quinze de setembro, Nossa Senhora das Dores.
Sabia também São Cosme e Damião e São Judas Tadeu, mas esqueci...

Beijão, Ana

São Paulo, 30-6-88

Querida Ana T.

Faz tempo que não te escrevo. Não tivemos férias. Os professores fizeram greve e agora estamos correndo atrás do prejuízo. Isso é justo? Sei não. Neste Brasil todos saem perdendo. Todos, não. Os que provocam os baixos salários, não. Será que estou certo? A única certeza que tenho é que morri de vontade de te ver. Melhor. Te conhecer inteira. Te conheço através da palavra. E palavra não tem corpo. Ou tem? Estou sempre perguntando e nunca respondendo. Sou de natureza inquiridora, daí as dúvidas e dívidas.

Estou te devendo uma palavra pela morte de seu amigo. Mãe e amigo deveriam ser imortais. Já que são eternos. E o que é a morte? É o fim de tudo? Vou te contar uma história verdadeira: vovô me levava para ver os aviões. As tardes eram bonitas e os aviões, passarinhos sem gaiolas. Um dia vovô não veio. No outro não apareceu. Passou uma semana. Passaram duas. Mas todas as tardes ia para a esquina esperar vovô e os aviões. Um dia, em vez de vovô, apareceu mamãe, que foi logo falando: "Levo você para ver os aviões, vovô não vem mais. Vovô morreu". "E por que não me contaram antes?" "Queríamos te poupar", falou minha mãe chorando. Aí chorei também. Pra me consolar ela disse que vovô hoje é um avião que se esconde atrás da Lua. Até hoje vou à esquina esperando que a Lua traga vovô de volta. Hoje sei que os aviões nunca fugiram da gaiola e que atrás da Lua não há aviões. E seu amigo gostava de aviões? Se gostava deve estar passeando com vovô no outro lado da Lua. Façamos um trato: eu espero vovô e você espera o amigo. Um dia eles aparecem. Esperemos.

Agora, quando Nara morreu, papai suspirou e deixou escapar uma frase que fez ciúmes em mamãe: "Nara morre e com ela os mais belos joelhos da música popular brasileira". É engraçado alguém achar joelho bonito. E os seus? São como os de Nara?

Sei que estamos vivos e isso é ótimo. Sei que o mundo é redondo e nas voltas que ele dá poderemos nos encontrar. E como será esse encontro? Será que haverá esse encontro? Perguntas, perguntas, perguntas. Hoje estou perguntador. E nas perguntas que faço, só há uma resposta, que se chama saudade.

Beijos

Pedro

Belô, 8-8-89

Pedro, querido (não, assim é muito sério);
Pedro, meu amigo (não, assim é formal);
Pedro, meu caro (piorou! ...);
Pedro, meu amor,

te recebi hoje, depois de mais de um mês de silêncio. Sua penúltima carta era do dia 29 de junho. Dia de São Pedro, lembra?

Hoje é dia 10 de agosto. Nunca soube dia de quem.

Amanhã é Dia do Estudante, mas não adianta nada. Nem um feriadinho, ao menos.

Chato você não ter tido férias. Eu tive, mas fiquei por aqui mesmo, sonhando com a Serra do Curral, as cidades históricas e o Festival de Inverno.

Também morri de vontade de te ver. Te conhecer inteiro. Num piquenique ou num cinema.

A gente não se conhece apenas através da palavra. Da letra também.

Sabe que você tem letra de professor? Parece que você vive escrevendo na lousa, que aí em Minas chamam de quadro-negro.

Quem me contou foi a Malu, lá em Cabo Frio.

Nós estávamos escrevendo umas coisas na areia e ela disse: "praia é melhor que quadro-negro, porque a água apaga pra gente".

Minhas palavras apagadas pela água foram: Sarney, avião, liquidificador, fila, motor.

As da Malu: Ordem, Progresso, hepatite, banana.

Naquele dia, como você na penúltima carta, a Malu me desafiou: "Vamos brincar com as palavras?".

Eu devia relacionar palavras que me deixassem nervosa, enquanto ela enumeraria as amarelas. Deu no que deu.

Quais são as palavras que te deixam nervoso?

Voltando à sua letra, sabe que já me acostumei com ela? Com o envelope também, sempre do mesmo tamanho. E com os papéis coloridos, do caderno que sua amiga te deu, né? Como é mesmo o nome dela? Você me disse isso numa carta ou eu sonhei?

O zelador do meu prédio pode estar com mil cartas na mão. Conheço a sua de longe. "Essa aí é minha", adianto. Nunca errei.

No meu prédio moram 68 famílias. Se cada família for de cinco pessoas, são 340. Se cada pessoa receber uma carta por semana, já pensou? E se receber duas?

A história do seu avô me emocionou. Se eu te disser que meu amigo gostava particularmente de aviões, você talvez pense que estou mentindo. Não estou.

Se eu te dissesse, ainda, que ele foi até piloto, você talvez tenha certeza de que estou exagerando. Não estou.

Os dois devem estar voando por perto.

Olha, Pedro, já que o mundo, por enquanto, continua redondo, não vou te falar sobre meus joelhos. A gente vai se encontrar, não vai? Se bem que, se você não fugisse de mim, já tinha me visto inteira há muito tempo. Desde o dia do sonho com o biquíni azul.

Escuta, por que é que você não dá um jeito de aparecer por aqui? Não vai encontrar Serra do Curral nem cidades históricas, mas a gente pode fazer um piquenique no Pico do Jaraguá, por que não? E ainda tem o Pátio do Colégio e a Rua dos Aflitos, no bairro da Liberdade. Uma rua que termina numa igreja incrível, só que não conheço ninguém que sabe o nome dela. A gente vai lá e acende uma vela. Tenho duas amigas que vivem fazendo isso, dizem que dá sorte. Uma delas mora aqui, é a Sônia. A outra, Magda, é daí. Você conhece alguém com esse nome aí?

Se você ficar com saudade das antiguidades mineiras, vamos ao Embu, pertinho. Lá tem um antigo convento restaurado há pouco tempo, superbonito. E domingo tem feira de artesanato, com gentes criativas e interessantes.

Às vezes fico pensando em você e achando que a gente vai acabar se conhecendo numa praia. Mineiro é muito ligado em mar. Aqui tem, viu? Itanhaém, Ubatuba, Cananeia.

Cananeia é uma palavra bonita, não é? Não me deixa nem um pouco nervosa. Me deixa com saudade.

Ana

São Paulo, 10-8-89

Ana querida

Era uma vez um menino que morava numa cidade rodeada de montanhas. Esse menino chamava-se Pedro e ia votar pela primeira vez para presidente. Este Pedro gostava de ouvir histórias e imaginava que depois da montanha haveria um reino encantado banhado pelo mar.

Pedro conheceu uma menina de nome Ana. Mas Pedro nunca viu Ana e Ana nunca viu Pedro. Eles se conheceram através de cartas.

Pedro e Ana gostam de escrever. E escrevem sempre. E sempre desejam conhecer mais o outro.

Pedro sonha com Ana num biquíni azul na praia de Cabo Frio. Embora Pedro não conheça o mar. Pedro faz do sonho uma realidade.

Ana conhece o mar, mas não conhece Minas. E em Minas residem os sonhos de Ana.

Ana tem um nome diferente. Ela se chama Ternura. Pedro nunca viu Ana, nunca ouviu Ana. Sabe, através das cartas, que ela é a própria ternura.

Pedro não sabe a cor de Ana. Não sabe a voz de Ana. Não sabe os segredos de Ana.

Ana sabe o tamanho de Pedro. Ana sabe Pedro através da amiga. Ana imagina Pedro. Pedro é um sonho bonito de Ana.

Pedro quer ver Ana. Fez um plano: ir a São Paulo e ficar na esquina da rua de Ana e surpreendê-la quando da sua saída do prédio. Mas Pedro não conhece Ana e como vai ser?

Será que Pedro não conhece mesmo Ana?

Ana sabe que Pedro adoraria conhecer o mar, por isso imagina Pedro como peixe azul furando ondas no infinito dos mares.

Pedro curte montanhas e palavras. E acha gostoso quando lê em Ana a expressão "Te gosto". Ele acha que nunca falaria deste modo, mas até sonha com a boca e a voz de Ana dizendo: "Te gosto, Pedro".

Por que Pedro não telefona para Ana e descobre toda a sua verdade? Será que Pedro não sabe que Ana tem voz macia e calma?

Ana conta para Pedro que em seu Estado há praias e praias e os nomes encantam Pedro: Itanhaém, Ubatuba, Cananeia.

Pedro sabe que esses nomes não se limitam apenas à geografia. Eles deixaram nas ondas e areias o nome de Ana T.

Ana pergunta muita coisa para Pedro. Quer saber quem deu o caderno colorido para Pedro. Quer saber se Pedro conhece Magda e Sônia.

Ana é mulher. E sendo mulher vasculha com exatidão a alma de Pedro. E Ana sabe que Pedro é curioso e convive com as montanhas e a História de Minas. Ela diz que em sua cidade tem o Pico do Jaraguá, tem o Pátio do Colégio, a Rua dos Aflitos e um bairro que se chama Liberdade.

Pedro oscila entre a montanha e o mar. E, na dúvida, quer Ana.

Pedro e Ana vivem um tempo difícil. Há muito computador, televisão, videocassete, restaurante, parques, carros. Mas há também muita pobreza, favela, fome, mendigos, pivetes, políticos.

Pedro e Ana vivem um tempo sem censura onde o corpo é uma vitrine e está nu.

Ana e Pedro convivem com palavras perigosas: liberdade, emprego, reformas, dinheiro, amor e Aids.

Pedro e Ana sabem que o encontro é uma esperança. E Pedro mais do que Ana sabe que "a esperança é um segredo que se revela no encontro" porque copiou este verso de um jornal e o sabe de cor.

Ana e Pedro têm tanta coisa para contar que precisariam das mil e uma noites para caber tanta prosa e segredos.

Pedro é mineiro. E corou quando leu "Pedro, meu amor". Pedro talvez não tivesse coragem de dizer essa expressão com tanta naturalidade, embora saiba que seja a expressão de seu coração.

Pedro esquece suas raízes tímidas e do alto da Serra do Curral grita:

Ana, meu amor

mineiramente,

Pedro

Belô, 31/8/89

Pedro, meu amor,

quero te dizer que meu pai morreu. Estou triste, cada dia mais. Penso nele quando estou em casa, na rua, na escola, na lanchonete, na fila do banco.

Minha mãe chega do trabalho com os olhos vermelhos e meu irmão procura menos os amigos.

A casa não ficou vazia, mas é como se faltasse um pedaço.

Meu professor disse que a gente se acostuma, que o tempo resolve essas coisas.

Meu pai morreu na cadeira de balanço, conversando com minha mãe. Falando em eleição. Ele ia votar no Roberto Freire.

Um dia, na hora do almoço, eu disse que estava querendo votar no Covas. Ele riu muito, dizendo: "O Fernando Sabino tem razão, quando diz que o mundo está de cabeça pra baixo. Você, com 16 anos e votando pela primeira vez, vota num conservador. E eu, com quase cinquenta, voto num comunista".

Ele se esqueceu de dizer que votava pela primeira vez também. Pra presidente, é claro.

Logo que ele morreu, fiquei pensando em votar no Roberto Freire. No lugar dele, não é, Pedro? Em homenagem a ele.

Mudei de ideia. Se eu votar por ele, quem vota por mim?

Se ele estiver entre as nuvens, com seu avô e aquele meu amigo, deve estar torcendo pra eu votar no Covas. Pra eu conservar meu jeito conservador. Talvez mais tarde eu me torne uma revolucionária, quem sabe? Mineiro conta em quem vota? Eu queria saber quem é o seu candidato.

Ontem, na Caixa Econômica (minha mãe me pediu pra resolver umas coisas lá pra ela), o pessoal começou a reclamar da demora, da fila que não andava, de tudo. Um cara de uns 50 anos começou a falar mais alto que os outros, como se fizesse um comício.

Disse que o Brasil não tem solução, que a geração dele recebeu dos pais e avós um país melhor do que o que estamos recebendo. Que aqui existem três raças, todas começadas com M: a dos Milionários, que abusam, a dos Militares, que controlam, e a dos Miseráveis, que sofrem e pagam as contas.

Do lado de dentro do guichê, uma moça disse que as coisas vão melhorar depois das eleições. Que o Brizola vai ganhar e mudar o país.

Ele disse que admirava a juventude e o entusiasmo dela, mas que ela não tivesse ilusões. Depois que passasse para o lado de lá, Brizola (ou qualquer outro) mudaria de atitude com a tranquilidade com que muda de camisa.

O que é que você acha?

Sua última carta é muito bonita. Li muitas vezes. Se meu pai não tivesse morrido, iria lhe mostrar, porque você faz uma espécie de resumo da história da gente, né? E eu andava a fim de falar de você com ele. Principalmente depois que você disse que estava pensando em vir aqui.

Tenho saído e entrado no prédio prestando mais atenção nas pessoas. Uma delas pode ser você.

Outro dia, já de noite, eu voltava da aula de inglês quando vi um cara conversando com o zelador, na portaria. Meu coração disparou. "É ele", pensei. Dei uma ajeitada na franja (com a mão), tirei os óculos (já te contei que uso óculos?).

Era o namorado de uma garota do quinto andar. Um cara legal, sabe? Se você for parecido com ele, vou gostar.

Ah, Pedro, sabe que você me faz bem? Gosto de te escrever, de te imaginar. Gosto de te falar de mim, dos meus sonhos e medos.

Sonho com você, mas ando com medo de você morrer conversando comigo. Assentado numa cadeira de balanço.

Bobagem, né? Não é possível a mesma coisa acontecer duas vezes, quase do mesmo jeito. Além disso, nem sei se algum dia a gente vai viver junto.

Seja como for, acho que ainda vou te escrever muitas cartas. Tenho milhares de troços pra te contar. Quero te falar dos meus amigos, da minha família. Das músicas que eu curto, dos livros.

Quase ninguém da idade da gente gosta de ler, né? Somos exceção.

Você já leu um livro chamado Judas, o obscuro*? Eu ainda não li, mas era um dos preferidos do meu pai. Aqui em casa tem. Posso te emprestar, um dia. Não vou ler tão cedo. Andei dando uma olhada e* *achei meio pesado. Não de vocabulário, nada disso. É triste, sabe? Denso demais, tenso demais. Vou dar um tempo.*

Prefiro ir ficando com meus conhecidos: João Ternura, Nunca te vi... sempre te amei, A vingança do Timão, O apanhador no campo de centeio.

O livro maior que eu já li foi Minha vida, *a biografia do Charles Chaplin. Você já leu? Fiquei fascinada.*

Tenho mania de biografias. Já li a da Shirley MacLaine, a da Agatha Christie. A da Dina Sfat também.

Ah, e gosto de diários. Desde aquele da Anne Frank, dos tempos do nazismo, até os dos dias de hoje, tempos de Aids e de preocupações ecológicas.

Você disse que eu, sendo mulher, vasculho com exatidão sua alma. Achei isso muito bonito. Tanto que vou vasculhar mais. Quero saber de que jornal você tirou aquela frase: "a esperança é um segredo que se revela no encontro".

Estou desconfiada que você tirou isso foi de você mesmo, que é meio poeta. E tá sem coragem de dizer.

Outra coisa: gostei do "Ana, meu amor", mineiramente, no final da carta. Te imaginei vermelho, tímido e quis estar perto, te olhando fundo nos olhos e dizendo: "te gosto".

Te gosto tanto que vou te confessar uma coisa: meu pai foi antes da hora por todos os motivos. Mas principalmente por dois: não ter votado no Roberto Freire, como ele queria, e não ter sabido de você, como eu queria.

Fico te esperando na entrada ou na saída do prédio. Não sei com que roupa vou estar, porque não sei quando você virá.

Também, tudo isso é desnecessário. Tenho certeza de que você vai me conhecer. Acho até que você já me conhece há muito tempo.

Ternura pra você.

Ana

P.S. Você disse que convivemos com palavras perigosas: liberdade, emprego, reformas, dinheiro, amor e Aids.

Nenhuma delas é tão perigosa quanto a morte.

Beijo da

Ana T.

São Paulo, 20-9-89

Querida Ana

A gente nunca imagina que as nossas pessoas um dia morrem. A morte é tão natural para os outros, mas é terrivelmente dolorosa para com amigos e parentes. Morrer é inevitável. É palavra que se evita, mas não há meio de ignorá-la. Melhor pensar que somos adubos, sementes, folhas, raízes e futuras árvores. E que depois do inverno vem a primavera e a promessa de festa no coração.

Seu pai era a própria natureza e deve estar agora cumprindo seu ofício de pássaro. Seu amigo, meu avô e ele devem estar passeando no azul das nuvens, tenha certeza.

Esses dias andei lendo um autor de faroeste (leio tudo que me cai nas mãos). O livro se chama *A montanha do tesouro*; é de Louis L'Amour. E lá achei essa justificativa para a ausência de seu pai: "Quando um homem vive de acordo com a natureza passa a encarar a morte como parte da vida, vê as folhas caírem e apodrecerem para preparar o solo para outras árvores e plantas nascerem. As folhas captam a energia do sol e da chuva, vivem dela, e depois devolvem-na ao solo quando morrem. Sua vida é apenas tomada emprestada das outras coisas; usam pequenas parcelas de sol, terra e chuva por algum tempo e as devolvem com a chegada da morte. E o ciclo recomeça, infinitamente".

É isso, Ana. Seu pai não morreu, ficou encantado, como quer o mago do Guimarães Rosa. Pena que ele está em viagem. Gostaria de conhecê-lo.

Vou te contar um segredo: vou votar no Lula, é um cara igual à gente. E você já pensou? Um ex-operário, presidente do Brasil?

Penso num *slogan*: "Lula na presidência e eu no *hall* de seu prédio". Estou ajuntando uma grana para aparecer aí. Não dá para esperar mais.

E quando você vir um cara sem saber onde colocar as mãos, de olhar assustado, com um livro debaixo do braço, não tenha dúvida, esse cara é o "Pedro penseiro, o Pedro mineiro". E Pedro espera que você não faça muitas perguntas e tenha paciência com o seu jeito de cabra cismador e sonhador. Depois Pedro ficará à vontade e vai se revelar um autêntico tagarela. E vai falar tanto que você vai até acreditar que o tempo faz barulho.

Ana, vou te revelar outro segredo. Gosto de escrever uns versos, uns textos. Ainda não tive coragem de mostrar pra ninguém. Uso pseudônimo e assim continuo inédito e anônimo. Aprendi a técnica do *silkscreen* e é com ela que espero arrumar a minha carta de alforria. Estou fazendo camisetas com dizeres e versos meus. E estou vendendo essas camisetas no colégio e em feiras. Fiz uma para você. É sobre o Eclipse. Segue a estampa e o escrito, ou seja, a arte. A camiseta, espero entregá-la pessoalmente.

beijos e beijos e
aleluia

Pedro

Belô, 29-9-89

ECLIPSE

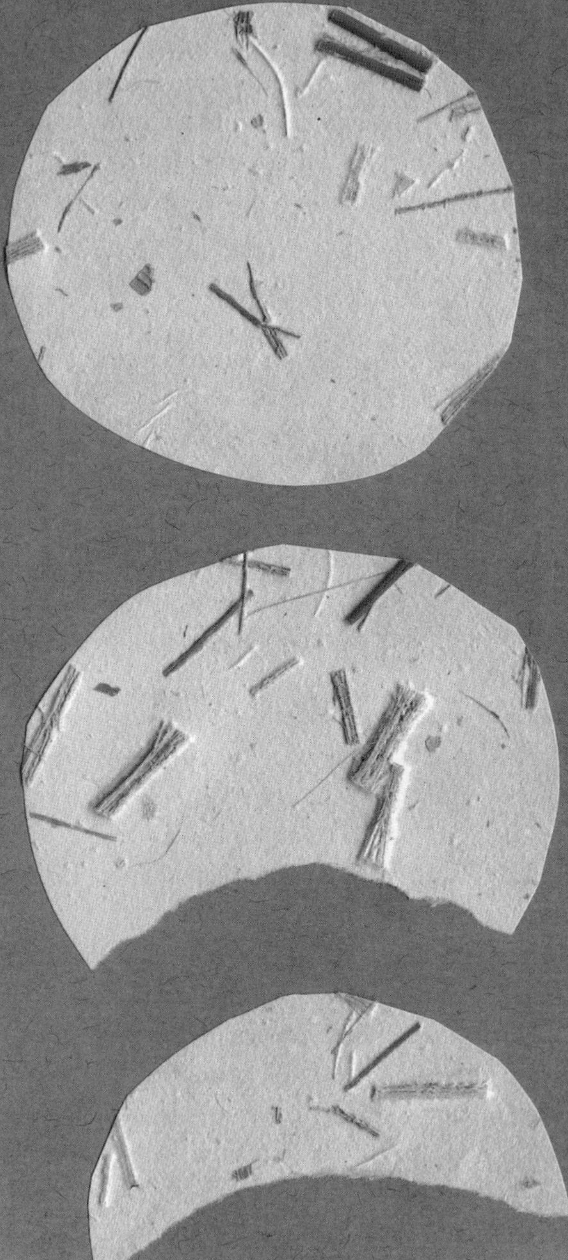

ESTAMOS
PERDIDOS
EM MIM

ESTAMOS
PERDIDOS
EM TI

ESTAMOS
SEMPRE
NO OUTRO

BIG BEN

Pedro,

sabe o que eu fiz domingo? Visitei meu pai no cemitério. Estava fazendo um mês da morte dele.

Levei sua carta dentro da bolsa. Tinha pensado que ele gostaria de ouvi-la. Eu só não sabia se devia ler em voz alta ou bem baixinho.

Nem precisou. Quando chegamos lá (minha mãe e meu irmão também foram) levando as flores que ele preferia, senti que ele poderia ler sua carta sozinho.

Ele gostava de ler, já te disse. E gostava de cartas, sempre gostou. E iria gostar de você, se tivesse te conhecido.

Ficamos por lá algum tempo. Fiquei pensando naquelas pessoas todas adubando o nascimento das próximas, como você disse. Gostei de pensar assim. Meu pai tinha um sítio aqui perto e, muitas vezes, acordava cedo e plantava, regava, adubava. Nada mais justo, então, que se transforme em raiz, irrigação, energia.

Te agradeço pela carta e pelo jeito novo de ver as coisas. Me sinto uma semente germinando, sabia? Crescendo, saindo da terra.

E te esperando. Não quero te perguntar quando você vem, mas quero que venha.

Te juro que faço poucas perguntas. Gostaria de não fazer nenhuma, mas pra que prometer uma coisa que sei que não vou cumprir? Sou perguntadeira, sempre fui. Vou guardar as perguntas na bolsa, junto com sua carta (sempre ando com sua última carta na bolsa).

Talvez você faça como meu pai e descubra o que meu silêncio diz escondido no canto de uma bolsa fechada.

Quando você vier, sabe o que nós vamos fazer? Pegar o jornal e olhar, um por um, todos os filmes de todos os cinemas. Em algum deles deve estar passando Nunca te vi... sempre te amei. *E aí a gente vai, não vai?*

Eu te levo. Ou você me leva. Sabe o que mais? A gente procura um lugar bem legal pra conversar. Um lugar, sei lá, pequeno, gostoso. Onde você fique à vontade pra se revelar "um autêntico tagarela". Quero acreditar que "o tempo faz barulho", sabia?

Essa sua expressão me lembrou um livro que meu irmão andou lendo, a pedido da professora: O barulho do tempo. *Coisa de criança. Fala sobre um menino que quer ver o tempo passar e não consegue.*

Bem que eu também queria. Só que era de outro jeito. Queria ver o tempo voando nas horas ruins e parando nas legais. Voando numa aula de matemática e parando numa sessão de cinema. Na última. Aquela em que a gente começa a ficar com sono, se encosta na cadeira, fecha o olho e sonha. Mesmo com o barulho do cinema, que não se esconde, como o do tempo. Qualquer um pode ouvir.

Quando você vier e nós formos assistir Nunca te vi... sempre te amei, *vamos na última sessão, tá legal? Quero me encostar em você. E sonhar com quem? Vê se adivinha.*

Outra coisa que a gente pode fazer é sair por aí, sem rumo, visitando umas papelarias. Adoro. Mesmo sem comprar nada.

Será que você topa? Adoro entrar, mexer em tudo, descobrir adesivos (minha mãe fala "decalques", sabia?), selos, borrachas, lapiseiras, canetas, bloquinhos, papéis de cartas, tudo incrível!

Uma vez te mandei uns adesivos num cartão, lembra?

Coloquei sua letra no princípio e a minha no fim. **P** *e* **A**. *Bonito, não? Pode ser PÁ, que é um troço superlegal, e AP, abreviatura da casa de todo o mundo que um dia bem pode ser também a da nossa, não pode?* **A** *e* **P**. *Ana e Pedro.*

Te falo essas coisas brincando, ainda que te goste muito.

Não sei se quero morar com alguém. Acho que não. Quero só namorar. Quero dizer assim: esse é o Pedro, meu namorado. Mais fácil, não é? Muito mais.

Tenho medo dessas coisas que precisam durar sempre. "Até que a morte nos separe." Já pensou? E se os dois forem infelizes e não morrerem? Vão ficando cada vez mais infelizes? Pode ser que eu mude de ideia, mas por enquanto o que sinto é muito medo.

Ah, Pedro, eu não vivia dizendo que te achava com jeito de poeta? Sua confissão, agora, me deixa duplamente feliz: eu tinha razão e você ainda fez um poema (lindo!) pra mim.

Você viu o eclipse no dia 16 de agosto? Eu vi, apesar de dizerem que em São Paulo nunca se vê nada, por causa da poluição e de outras desgraças. Vi tudo, do princípio ao fim.

O pessoal do prédio desceu pra rua, uma garota até fotografou. Usou mil lentes, ficou um barato. Ela mostrou pra gente, depois.

Ficamos lá embaixo até de madrugada, vigiando a Lua e fazendo a conta da idade de cada um no próximo eclipse, já no século 21.

Adorei seu poema. Mostrei pra Sônia, aquela garota que lê suas cartas, acho que já te falei nela. Ficou morrendo de inveja. Será que você não conhece aí em Belo Horizonte um outro poeta que queira se corresponder com ela? Se conhecer, me manda o endereço dele que eu passo pra ela, tá legal? Não te mando antes o dela porque tenho medo de que você comece a lhe escrever. E aí, além de ficar sobrando, vou morrer de ciúme.

Pois é, sou ciumenta. Pode ficar sabendo desde hoje.

Obrigada pelo poema. Ando com ele colado no meu fichário. No meu pensamento também.

Te espero e espero a camiseta.

Um beijo superciumento da

Ana

Sampa, 7-10-89

P.S. Sabe com quem sonhei ontem? Com o Luiz Salles. Também, pudera. Li tudo sobre os 65 dias em que esteve sequestrado e agora ele não me sai da cabeça. Nem quando durmo. Se pudesse, iria visitá-lo. Queria fazer milhares de perguntas...

Beijo.

Ana T.

Ana sempre querida

A camiseta está fazendo o maior sucesso. Já vendi quase todas. O importante é que com a grana já dá pra chegar aí. Com a venda das camisetas aprendi alguma coisa sobre as artimanhas do comércio. Sei, por exemplo, que sem capital de giro a coisa não anda. Virar capitalista é fácil. É só ter capital e competência. Não vejo a hora de ir à rodoviária e dizer pra todo mundo ouvir: "quero uma passagem para São Paulo, vou ver Ana T.". O duro de tudo isso é que preciso de licença para viajar. Ainda sou menor, embora vote pra presidente. E como explico pra pai e mãe que vou a São Paulo? Há jeito pra tudo. Viro lobisomem se preciso. Vento ou fumaça caso queira. E como o assunto é nobre, tudo é possível. Só não posso dizer o dia em que vou, porque, com tanto empecilho pela frente, fica difícil prever as coisas.

Ah, Ana, tem uma novidade que quero contar sobre a camiseta e sobre o poema. Tia Ivany tem uma confecção e achou legal a ideia da camiseta. E quer investir em minha/nossa ideia e criar uma outra camiseta mais produzida e sofisticada para um público diferente. Essa minha tia é um barato e o nome de sua confecção é de dar água na boca: Batuá, palavra indígena que significa "palmeira".

E vai ser com a Tia Ivany que vou conseguir sair de Minas Gerais. Ela vai me dar a carta de alforria. Aí poderemos passear sem rumo pelas ruas. E nos perder nas ruas e adivinhar as esquinas. E, se possível, me perder em você. Topa?

Mudo de assunto. Você já sabe de minha mania que é escrever e me esconder sob pseudônimos. E agora quero revelar a história do Big Ben, que assinou o poeminha do Eclipse. Conto pra você como o Big Ben entrou em minha vida, em nossa vida. A história é inventada. Conta um sonho muito estranho que tive com meu pai. Quem sabe este pai que é personagem e sonho não é seu amigo, o seu pai, ou o meu avô? Vamos à pescaria, isto é, à história, que se chama "Fisgando a vida".

Fisgando a vida

A lua redonda e clara iluminava o rio. Meu pai, de repente, sai de seu silêncio e resmunga: "porcaria de Brasil".

Meu pai ali, anzol e linha, e nada de peixe. "Droga de rio, acabaram com tudo."

— Porcaria de Brasil? — perguntei. — Você não gosta do Brasil?

— Quando a gente xinga de porcaria o Brasil, a gente não está xingando a terra do Brasil, os rios do Brasil, os animais do Brasil. A gente xinga as pessoas que destroem as coisas do Brasil.

— Sei — respondi, embora não houvesse compreendido bem a explicação de meu pai.

Como é que se pode xingar alguém que a gente gosta? Pode sim. Agora sei que pode. Eu também xingo o meu Atlético Mineiro quando perde. Falo até palavrão. E depois os olhos enchem de água e fico perguntando pra mim por que o time da gente perde. Dá vontade de nunca mais torcer, de nunca mais ir ao campo, de largar tudo. Queimar as camisas e as bandeiras. A gente diz "porcaria de time", mas depois se arrepende e, quando se vê, estamos de novo torcendo e gritando, e o nosso time é o melhor do mundo.

— Sei, pai, sei sim — respondi com convicção.

— Os gringos chegam, comem tudo, acabam com tudo, ficam riquíssimos e depois vão embora.

— E quem são os gringos?

— Gringos são os que prejudicam os outros.

— Pensei que fossem estrangeiros — falei, puxando conversa.

— A maioria vem de fora. Mas há muito brasileiro que é gringo.

— Mamãe é gringa? — perguntei, só pra provocar papai.

— Às vezes — respondeu. — Às vezes — falou rindo. — Você sabe quando ela é gringa, não sabe?

— Claro, claro que sei quando mamãe é gringa. É quando ela exige que eu lave os olhos. Faça o dever de casa. Durma cedo, essas coisas.

— Agora, ela sabe quando também somos gringos, não sabe?

— Poucas vezes somos gringos, não é verdade?

O meu pai riu de minha resposta.

— Quem mais é gringo?

— Uma porção de gente — respondeu meu pai, querendo encerrar aquela prosa. E pegou o fumo e a palha e começou a fazer um cigarro. Insisti na conversa:

— Os bandidos do faroeste são gringos?

— Claro que são.

— E Emília?

— Qual Emília?

— A do Sítio do Picapau.

— Ah, Emília, apesar de boneca, nunca foi gringa.

— E os Beatles?

— Também não.

— E o dono da fábrica no outro lado do rio?

— Esse é gringo duas vezes.

— Duas vezes?

— Duas vezes. É gringo por não ser brasileiro e gringo porque está prejudicando os brasileiros.

— Mas fábrica não é coisa boa? Seu Isidoro peixeiro me falou dos empregos que ela dá.

— Ela dá e tira. Tira mais do que dá.

— Que conversa mais maluca, pai.

— Ela dá emprego para umas cem pessoas e no entanto o esgoto de sua fábrica é cheio de material químico que mata os peixes e assim ninguém mais pode pescar e comer o peixe. E temos milhões de pessoas que vivem do peixe. Está vendo aquele riozinho que deságua no rio? — Meu pai apontou com o dedo um braço de rio. — Pois é, aquele riozinho tinha 20 metros de profundidade. Era onde os surubins subiam para a desova. Hoje aquele riozinho tem apenas 20 centímetros, o resto é lixo da fábrica, detrito químico, e nenhum surubim desova mais.

— Que sacanagem!

Meu pai riu de minha expressão e completou:

— Grande sacanagem!

— A professora de geografia é gringa?

— Não sei. Não a conheço.

— Ela fala igual ao senhor.

— Será?

— Isso da fábrica, dos peixes.

— Sei. Então aposto meu molinete contra seu time de botão que ela não é gringa.

— Aposto não.

— Você gosta dela?

— Gosto.

— Gosta da professora ou da geografia?

Não pude mentir. Fiquei vermelho. Meu pai entendeu. Passou a mão em meus cabelos e, satisfeito, falou:

— Seu safado!

Contra-ataquei perguntando pro pai se o Brasil tinha jeito. Ele ficou pensativo. Fumou o palha, tirou o chapéu, coçou a cabeça. Olhou para mim. Olhou para o rio. Balançou a cabeça e, em vez de me responder, perguntou:

— Por que você pergunta isso?

— É que ...

— Já sei, a professora de geografia falou uma porção de coisas sobre a devastação da natureza, sobre a poluição dos rios e do ar, sobre a matança indiscriminada de animais, sobre a reforma agrária. Falou ou não falou?

Respondi perguntando:

— E como sabe que ela falou isso?

— Claro que sei — falou meu pai orgulhoso. — Ela não é gringa, ou é?

— Claro que não — respondi prontamente, defendendo a minha professora.

— Então o seu time de botão é meu.

— Ah, pai, eu não apostei.

Meu pai riu gostoso e mudou de conversa:

— Vamos tentar mais uma vez?

— Claro! — E fiquei de anzol em punho pensando nas coisas todas da vida. Nas coisas da professora de geografia, na professora e no rio que não dava mais peixe. Era tudo tão confuso. Tão complicado que antes eu achava tudo fácil: brincar, comer e dormir e agora estava sabendo que não é só isso. E eu ali na beira do rio, ao lado de papai, tentando, pela primeira vez, fisgar a vida.

Papai, que até então estava alegre, ficou amuado. Passou a mão no rosto muitas vezes. Olhava para mim querendo falar alguma coisa. Mas não falava. Perguntei:

— O que há, pai?

— Nada, filho, você não tem culpa de nada. É que estou apertado. Perdi o emprego. Mas as coisas vão se ajeitar. Tudo é possível.

— Posso ajudar?

— Carece não. Há uma coisa que preciso te falar mas não sei como. A vida poderia ser apenas rio, peixe e rio. Mas não é.

— Mas poderia ser, né, pai?

— Não é. E você precisa saber que...

— Já sei. Mamãe me contou. Irmã Sol, prima de mamãe, arrumou um colégio interno.

— Sua mãe é gringa mesmo — falou meu pai rindo e, ao mesmo tempo, aliviado.

— Tem galho não, pai. Big Ben vai comigo.

— Big Ben?

— Big Ben é um cara que inventei e ele vai comigo.

Meu pai, todo animado e feliz, esticou a conversa:

— Me fale mais do Big Ben.

— Big Ben é um cara legal, que dorme comigo, que almoça comigo, joga bola comigo e agora está pescando comigo.

— E namora também a professora de geografia? — caçoou papai.

— Aí não. Aí eu desinvento o Big Ben.

— Quero ver esse Big Ben.

Tirei do bolso uma folha amassada de papel e mostrei pro papai uma história de Big Ben.

— Nada mau. Com o tempo o Big Ben ficará melhor.

Meu pai mudou de tom. Gostou do Big Ben, tenho certeza. E falou com tristeza na voz:

— Sentirei sua falta.

— Que nada. Colégio interno é o fino.

— E a professora de geografia?

— Sei não.

Tudo era sonho, aventura, descoberta. Pena a professora de geografia não ir. Big Ben iria: eu não estava só. Mas meu pai estava triste.

A tristeza de papai era do tamanho da Lua, que não parava de iluminar o rio.

Gostou? Demorei dias e noites pra escrever essa história. Escrever é ter paciência e esperar. Um dia a história acontece. Agora o que preciso mesmo é me encontrar com você no escuro do cinema pra ver o filme do nosso encontro.

beijos

Pedro

P.S. Você me disse da dor do sequestro do Luiz Salles. Acho uma violência este nosso mundo. A miséria ao lado da especulação dos poderosos é que provoca essas coisas. E para amenizar esse papo acho que vou sequestrá-la e guardá-la no meu coração.

P.S. Pompeu, que lê a nossa correspondência, achou legal a proposta de Sônia. E Pompeu quer logo começar a viagem. E é ele que quer escrever primeiro, por isso preciso do endereço da Sônia.

Pedro

Pedro, Pierre, Peter, Petrus,

sonhei com você chegando. Sonho lindo, sabia?

Em vez de você aparecer no hall *(não gosto muito dessa palavra, prefiro "entrada"), em vez de você aparecer na entrada do meu prédio com um livro debaixo do braço, fui te esperar na rodoviária. Lá no terminal Bresser, onde chegam os ônibus de Belo Horizonte.*

Te reconheci na horinha em que te vi. Você desceu a escada do ônibus e me olhou. Eu olhei sua camiseta preta e li:

"Sou bandeirante quando te descubro
mágico quando te invento
e pássaro quando te mergulho".

Quando acabei de ler, a gente se abraçou.

Aí, você apanhou a mochila que havia caído no chão e disse: "depois te dou a camiseta do eclipse. Tia Ivany fez um embrulho de presente, legal, e a gente vai ver com calma. Isso aqui é muito confuso".

Achei engraçado você dizer que o terminal Bresser é confuso. Lá é tão pequeno, parece rodoviária do interior. Nem tem escada rolante...

Meu sonho não disse, mas talvez você estivesse pensando em Peçanha, aquela cidade perdida no sossego do mapa de Minas, lembra?

Puxa, Pedro, há muito tempo já que a gente se escreve, não é? Estive relendo nossas cartas (tenho cópia das minhas, sabia?). A primeira é do dia 22 de novembro e hoje é dia 19 de outubro! Fiquei espantadíssima.

Será que somos pessoas tão interessantes assim?

Comecei a te escrever pensando em trocar cartões-postais, lápis, selos, essas coisas.

Você me respondeu falando em Atlético Mineiro, sorvete e beijo no cinema.

Acho que foi por aí que começou a me conquistar. Menos pelo sorvete, mais pelo futebol e pelo beijo.

Não te contei na época, mas te conto agora: comecei a ler as páginas de esportes de todos os jornais. Meu irmão me olhando e não entendendo nada. Meu pai, corintiano convicto, dizendo: "e ainda dizem que futebol é coisa de homem". Minha mãe, mais atenta, arriscando: "isso deve ser influência de algum rapaz!!!".

Rapaz é uma palavra engraçada, não é? Meio fora de moda.

Depois, nas cartas seguintes, você foi continuando: biquíni, beijo apertado, ecologia, passarinho, caneta, filósofo grego, mão no queixo, ciúme, José Wilker, footing, *encontro, saudade, avô morrendo-vivendo nas nuvens, carta de alforria, planos, viagem, chegada, livro debaixo do braço.*

Fiquei achando o maior charme essa história de livro debaixo do braço. Ninguém chega de viagem assim. Ou chega?

Não te contei na época, mas te conto agora: fiquei dias e dias, noites e noites tentando adivinhar que livro você traria. João Ternura? *Seria o jeito mais evidente de você dizer "sou o Pedro", não é?*

As pessoas que não se conhecem costumam descrever as roupas que vão usar no primeiro encontro.

Não precisamos de nada disso.

Tenho milhares de maneiras de te reconhecer. Uma delas é o meu sonho de ontem. Basta um poema numa camiseta.

Outra seriam os livros debaixo do braço. Tantos, além do João Ternura.

Outra maneira sutil e inteligente seria uma caneta-tinteiro (Parker 51, de preferência) presa no bolso da camisa. Topa?

Uma outra, não tão sutil mas certamente carinhosa, seria você aparecer na minha frente com uma caixa de caquis supermaduros!... Já pensou que delícia?

Mais uma: você vir vestido com o uniforme do ATLÉTICO... Topa?

Outra: você vir fantasiado de filósofo grego. Com a mão no queixo, claro.

Só tenho um medo: você se esquecer de desinventar o Big Ben quando a gente estiver juntinho, no escuro do cinema.

Mesmo não sendo professora de geografia, quero você inteiro, sem divisões nem misturas. E quero que você me queira do mesmo jeito.

Pedro, sabe que eu achei um barato essa história de Big Ben? Pensei que você fosse dizer que ele era um lápis, porque você gosta de escrever.

Que nada. Ele é muito mais. É você andando no tempo. Porque Big Ben é um relógio, não é?

Achei bonita a conversa do menino com o pai. Li duas vezes aquele pedaço em que ele fica vermelho por causa da professora de geografia e o pai passa a mão na cabeça dele.

Quando você vier, com livro debaixo do braço ou com caixa de caquis, você passa a mão na minha cabeça? Adoro quando me fazem isso.

Um dia, num táxi, eu estava supercansada. Era de noite, fazia frio e meu irmão estava comigo. Me encostei no ombro dele, ele me abraçou e ficou passando a mão nos meus cabelos. Parecia que ele era mais velho que eu.

Nesse dia, isto é, nessa noite, fui no quarto dele na hora de dormir. Dei-lhe um beijo e passei a mão nos cabelos dele. No outro dia, na hora do café, senti que éramos muito mais irmãos.

Já que hoje estou te confessando coisas, quero te dizer que te invejo por você saber escrever.

Nunca fiz nem um poeminha de nada, sabia?

Fico pensando que, se ler é bom, escrever deve ser melhor ainda.

A gente inventa, desinventa (como você fez com o Big Ben), rasga, joga fora, começa de novo.

Nunca fiz nada disso. Só uma redação de vez em quando e, agora, estas cartas.

Gosto de te escrever. Te escrevi algumas cartas tristes, mas era assim mesmo que elas tinham de ir.

A gente deve escrever o que sente, do jeito que sente.

Te escrever sempre me fez bem. Comecei brincando, como já lembrei hoje, e acabei assim, me apaixonando.

Te querendo, como na dedicatória do João Ternura. *Te esperando na entrada do meu prédio ou na rodoviária pequena, sem nem escada rolante. (Agora, só escrever não chega. Quero te ver, te abraçar, te ouvir. Preciso.)*

Fui te escrevendo e crescendo. Nossas cartas foram ficando mais sérias, mais maduras. Você percebeu?

Deve ter sido o tempo passando. Perdi um amigo, um pai, o Brasil perdeu a Nara Leão, você lembrou suas perdas, a gente vai votar, você começou a ganhar dinheiro, a gente quer namorar pra valer, tudo isso cresce a gente, não cresce?

Só quero te dizer mais uma coisa: te amo.

Um abraço crescido da

Ana

P.S. Tomara que no próximo sonho você me sequestre...

P.S. Vou te mandar o endereço da Sônia, mas junto vai um aviso: quem vai escrever é o Pompeu. Se você escrever, juro que nunca passo a mão na sua cabeça. E jogo a caixa de caquis no lixo.

Ela mora na minha rua:

Rua Pintassilgo, 13, casa 2.
Moema — S. Paulo

Ah, o nome dela é Sônia D. Fala com o Pompeu que agora é a vez dele de adivinhar o resto...

Beijos da

Ana T.

S. Paulo, 19-10-89

Ana Ternura Querida Sempre

Antes de qualquer conversa, quero dizer que fui ao comício do Lula aqui em Belo Horizonte. Foi emocionante, de derramar água nos olhos e no coração. Senti muita emoção e fiquei pensando que o Brasil vai mudar de cara. Vai ter agora na frente a cara de brasileiros de verdade. Uma cara jovem, bonita e feliz. Uma cara igual à sua, igual à de milhares de pessoas que estavam no comício: estudantes, operários, comerciários e, principalmente, namorados. Todos estavam enamorados pelo momento e o nosso Lula falando claro, errado às vezes — e daí, o que é errado? Estou lembrando de uma professora de português que tive que nos aplicou Nara Leão e Manuel Bandeira. Era dessas professoras apaixonantes e estou lembrando um poema do Manuel Bandeira que ela trabalhou com a turma. Sei até de cor os versos:

A vida não chegava pelos jornais nem pelos livros
Vinha da boca do povo na língua errada do povo
Língua certa do povo
Porque ele é que fala gostoso o português do
Brasil
Ao passo que nós
O que fazemos
É macaquear,
A sintaxe lusíada.

Depois do comício só sou entusiasmo e me arrebato e abro os braços querendo que todos participem de minha alegria.

Tudo arrumado. Tia Ivany conseguiu a licença de viagem. Meu pai e minha mãe estão desconfiados. Clara quer ir. E eu estou arrumando a mochila. Não vou usar nenhum disfarce, não preciso, não precisamos. Já nos conhecemos bastante. Os olhos serão cúmplices e não haverá nenhuma dúvida. O livro eu levo. É mania antiga. Não sei andar sem um livro nas mãos.

Às vezes questiono (pergunto) por que nunca usamos o telefone ou (mesmo) enviamos uma fotografia? Sei não. Talvez tivéssemos medo de que a voz revelasse a nossa identidade. E a fotografia quebrasse o encanto e o mistério. Melhor assim. Vai ser mais gostoso. E não vejo a hora de chegar na rodoviária e depois na "entrada" de seu prédio. (Também não gosto da palavra *hall*.) A passagem em minhas mãos me dá medo e ao mesmo tempo força. Não digo a hora que o ônibus vai sair nem o dia. Quero surpresa e que tudo seja como nossos sonhos: imprevisíveis, loucos e extremamente bonitos e desafiantes.

Vou colocar esta carta no correio ainda hoje e talvez chegue junto com ela.

E lá vou eu levando na mochila meus animais, minhas montanhas, as cidadezinhas que ficaram escondidas no mapa de Minas, meus sonhos, espantos, medos e a alegria que é ver e sentir uma menina/mulher que já viu o mar e usa biquíni azul e que se chama Ana T.

Não preciso mais colocar ou retirar as mãos do queixo, não preciso insinuar nada, mas que estou morrendo de medo e curiosidade, isso é verdade. Por isso, além do beijo precisamos de toda a ternura que há em seu nome e em nossas palavras.

beijos e ternuras
do Pedro (Pierre, Petrus, Peter),
melhor, do Pedro da Ana T.

P.S.[1] O Pompeu escreve esta semana para Sônia D. Ele está achando um barato essa correspondência. Eu disse pra ele ir devagar, porque é viagem fascinante e com muitos desafios. Ele queria saber o porquê de Sônia D. Aí eu respondi, com certa sabedoria: "vai chegar a hora da descoberta, não tenha pressa". E a Sônia D., como está encarando essa jogada?

P.S.[2] Melhor ou igual ao comício do Lula é gol do Galo em decisão de campeonato. Pra falar a verdade, qualquer gol do Galo vale um campeonato. Melhor que comício do Lula deve ser o beijo que nunca te dei.

P.S.[3] Encontrei-me hoje com a Malu. Ela disse que há tempos não tem notícia de você. Perguntou sobre as cartas. Eu não disse muita coisa. Aliás, falei quase nada. Malu quis espichar a conversa, não dei corda. Entre sorrisos, ela disse: "Você não me engana. Nesse mato tem coelho". E, quase que adivinhando minha ida para São Paulo, concluiu: "Caso você veja a Ana, dê-lhe um beijo por mim".

Fiquei vendo Malu desaparecer na primeira esquina, e quase gritei pra todo o mundo ouvir: "Obrigado, Malu!".

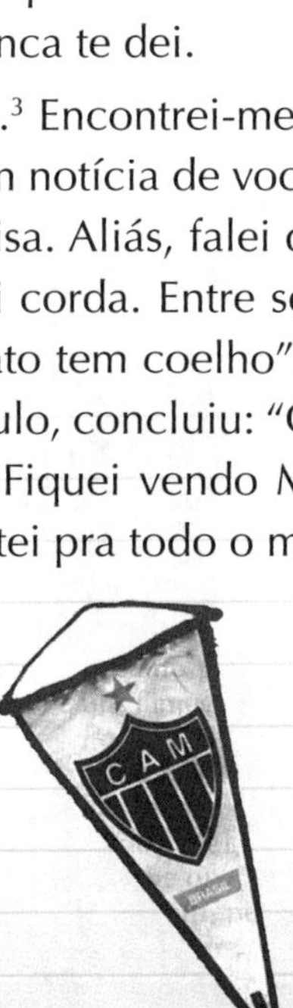

Pedro

Belo Horizonte, 23 de outubro de 1989

Sampa, 20 de janeiro de 1990 — três meses depois...

Pedro,
me conta: você continua com a mão no queixo?

Ana T.

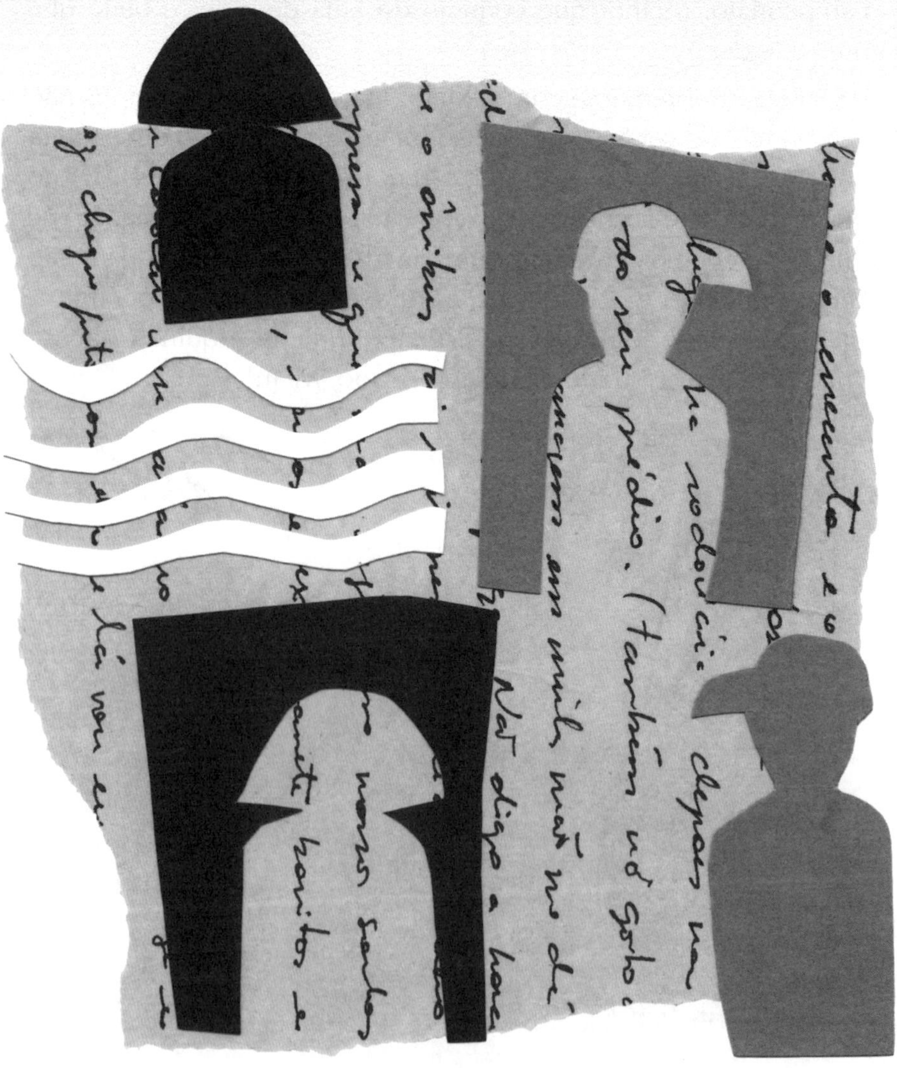

As cartas de Ana

Nem sei quantas cartas já terei escrito pela vida afora. As primeiras, enviadas na década de 50 de São João del Rei — onde, ainda criança, frequentei um internato —, tinham destino certo: minha mãe.

Essas cartas, colégio-fazenda-colégio, eram abertas e lidas pelas freiras. Coisas do regulamento, obedecido passivamente. Mais tarde a roda aumentou: irmãos, amigos, namorados, noivo, marido, alunos, filhos, sobrinhos.

Minha mãe, fiel, ainda me escreve. A principal diferença, além dos 40 anos passados, é que quem abre o envelope sou eu. Qualquer criança sabe desse regulamento.

Durante quase um ano abri para Ana T. os envelopes enviados por Pedro Camargo. Se dissesse que me senti como uma daquelas freiras de São João del Rei, talvez exagerasse. Mas estive perto. Mesmo tendo avisado ao zelador do meu prédio aqui em São Paulo que as cartas que chegassem para Ana T. eram minhas ("é um livro de cartas, sabe,

Raimundo? E Ana T. sou eu"), muitas vezes me senti invadindo um universo alheio.

Quem tem participado do meu universo sem invadi-lo é a editora Sonia Junqueira, que já me escreveu alguns bilhetes, todos guardados. Um dia, em meio a uma xícara de chá, ela me disse: "Você tem cara de quem escreve diário". Mais de um ano depois, entreguei-lhe os originais de Sabe de uma coisa?, *diário de uma adolescente paulistana em 1988.*

Num outro dia, outra xícara de chá: "Você tem cara de quem escreve cartas. Só falta o parceiro". Mais de um ano depois meu parceiro e eu entregamos à Sonia os originais de Ana e Pedro, *surgidos como quem não quer nada e continuados querendo tudo.*

Ronald e eu nem combinamos quem escreveria a primeira carta. Resolvido que tentaríamos fazer o livro, qualquer um de nós começaria. Quando tivesse vontade.

Fui ficando com vontade de escrever sobre uma adolescente paulistana que, entre outras coisas, não gostava de ler. Na primeira carta, Ana dizia: "Gosto de ficar de conversa fiada no telefone, detesto ler...".

Quando, terminada a correspondência, fui examinar os originais por ordem de chegada, descobri que Ana me desmentia a cada carta, lendo, relendo, sugerindo. Voltei à primeira carta e me rendi: "Ah, e adoro ler!".

O nome Ana T. *foi criado pela Sonia, diante da minha incompetência: "Por que não Ana T.? Dá um ar de mistério..."*

— E que T. é esse?

— Ah, isso depois você inventa...

Misteriosa, Ana T. inventou também o nome de Pedro, adotado sem protestos pelo correspondente.

Na sequência, fatos paralelos: um dia vi sobre a mesa de trabalho do Ronald, em Belo Horizonte, um livro sobre canetas.

— Você também comprou, Ronald?

— Por quê?

— Porque lá em casa a gente comprou. Fico namorando as canetas, procurando as que já tive ou ainda tenho.

— Eu não. Comprei esse livro pra aprender um pouco sobre canetas e poder responder àquela carta da Ana...

Ainda dessa vez, em Belo Horizonte, fui de livraria em livraria procurar o João Ternura *para dar de presente não ao Ronald, mas ao Pedro, incapaz de descobrir o significado do misterioso T.*

O troco veio rápido. Dois ou três dias depois eu estava na rodoviária de Belo Horizonte esperando um ônibus que me levasse àquela fazenda das minhas primeiras cartas, quando o Ronald me entregou um envelope amarelo: "O Pedro trouxe pra Ana". Era o livro Nunca te vi... sempre te amei, *que nem Ana nem eu tínhamos lido.*

No mais, foi um ano difícil. Votei em Mário Covas, perdi uma musa, Nara Leão, um amigo, Oswaldo França Júnior. Perdi meu pai. Fui assaltada três vezes, uma em São Paulo, duas em Belo Horizonte. Numa, levaram documentos, agenda, talões de cheque, passagem de avião, dinheiro, bilhetes, um conto terminado e nunca mais refeito, uma carta do Pedro (depois o Ronald me enviou uma cópia). Na outra, fiquei sem o relógio. Na outra, sem um cordão de ouro carregado de ternura antiga.

Não dei conta sozinha. Dividi tudo com a Ana, que dividiu com o Pedro, que dividiu com o Ronald. Tornei a aprender que dividir costuma dar certo: hoje, terminado o livro, sou mais amiga do Ronald.

São Paulo, 21.11.89

As cartas de Pedro

Contar o contável é tarefa das mais dificultosas. Como contar a emoção de um beijo desejado ou um gol de seu time no último minuto de uma final de campeonato?

Sonia Junqueira, sabendo das minhas tempestades temporárias e serenidades, me pede um depoimento sobre as cartas que ela, Sonia, inventou. E com todos os ventos, janelas abertas, luas crescendo nos olhos, esquinas, copos de cerveja e sonhos orquestrei essa viagem. Vamos lá.

Quem escreveu a primeira carta? Vivina, é claro. Afinal sou mineiro, homem e reticente. E Vivina não é mineira? É. Mas de tanto morar em São Paulo ela já é quase uma paulistaneira.

Veio a primeira carta, assinada por Ana (no envelope, Ana T.) e respondida por Pedro. Sem saber, Vivina descobriu o meu nome original. Conto. Nasci num dia 7 de setembro. Mãe Olga, muito católica, consultou o santo do dia e deu São Pedro Claver (a palavra é oxítona). Esse santo morou na Colômbia e lutou contra a escravidão dos negros. Quem leu *Amor nos tempos do cólera,* de García Márquez, sabe da popularidade desse santo na Colômbia. Hoje São Pedro Claver está enterrado em Cartagena. O velho Camargo era aficionado do cinema, uma arte emergente em Belo Horizonte. E havia nas telas dos cines Glória, Brasil e Metrópole os astros de Hollywood. Entre eles brilhava a estrela de Ronald Colman. Velho Camargo não teve dúvida. O menino vai se chamar Ronald. Mãe Olga abriu meia mão de seu santo. E me batizaram de Ronald Claver Camargo. Daí esse nome um tanto estrangeiro pra um mineiro cismador e que acha que as ondas do mar ainda são as montanhas de Minas.

Ana T. começou perguntadeira e querendo saber os mistérios, as fantasias e terremotos de Pedro. E ele sempre na defensiva. Atrás do disfarce e do encanto das palavras.

A viagem continuou. Ela um dia perguntou se Pedro escrevia com caneta-tinteiro. Pedro disse que sim e disse até a marca da caneta: uma Parker 51.

A verdade é que nunca tive uma Parker 51. Gosto de canetas como gosto de futebol. Meus sonhos são pequenos e entre eles está essa caneta e um canivete suíço. A inspiração da caneta veio através de um livro que caiu em minhas mãos. Literatura é também desejo, projeção, procura.

E o "T" de Ana?

Esse "T" deixou Pedro curioso. Pensou bobagens, brincou com essa letra com muita irreverência e alguns pecados.

As cartas continuaram cruzando as fronteiras da cidade e as fronteiras do coração de Pedro. E como encantado, melhor, encantados, os personagens foram se moldando, se espelhando e estreitando as suas metades. E com o passar do tempo Ana virava Pedro e Pedro era Ana. Surge a inevitável vontade do encontro.

E quando Pedro bola o poema do Eclipse e o estampa nas camisetas, descobre o caminho das Índias, digo, de São Paulo.

E a hora é chegada e Pedro parte para São Paulo como quem parte para o país do sonho. O resto vocês sabem. Ou não?

É importante registrar que Vivina e eu não combinamos nada, deixamos acontecer. Os personagens é que conduziram a história. E quando estávamos no final, tentamos conversar sobre como tudo acabaria. Não chegamos a nenhuma conclusão. E tivemos a lucidez de deixar ao arbítrio dos personagens a decisão de como seria o final. Não tínhamos o direito de interferir na vida deles. Deixamos Ana e Pedro caminhando sozinhos.

Acho que essa decisão foi legal. Porque só Ana e Pedro sabiam o que queriam. Mais ninguém.

Agora que Ana e Pedro viajam outros olhos e corações, Vivina e eu estamos desamparados. Ficou a saudade e a expectativa de que, algum dia, um carteiro desavisado deixe em minha caixa postal uma carta de Ana T. com o seguinte começo:

"Sou Ana T. Você sabe o que esse 'T' significa?..."

E, quase num sussurro, com muita ternura respondo para mim mesmo: "agora sei".

Ronald Claver

Belo Horizonte, 18.11.89

A autora

Cada vez sei menos quem sou, o que dificulta essa apresentação em primeira pessoa, pedida pela editora.

Talvez eu seja um pouco de cada uma das personagens que fui inventando por aí, desde o primeiro livro, em 1977. Ora um menino que se descobre um corpo humano, ora uma menina que brinca de pensar na escuridão, ora um casal de irmãos que coleciona cacos de louça e de vida, ora um adolescente que muda o corpo de cidade, sem saber como fazer com o coração, ora uma adolescente às voltas com um diário, ora outra adolescente (não seria a mesma, apenas com outro nome?) às voltas com cartas para outro adolescente...

Ainda que não saiba direito quem sou, e apenas consiga ter vagas e confusas noções de quem ainda possa vir a ser, sinto que minhas raízes rurais sempre falaram alto. A visão de vacas pastando, ou de arco-íris colorindo ainda mais o céu, me emociona de maneira especial, embora ainda não tenha escrito nenhuma história de vaca com os olhos voltados para o alto, tentando decifrar o indecifrável, enquanto, tranquila, rumina...

Procurei ser uma filha serena, tento ser uma mãe razoável. Três filhos adultos, paulistanos, criados em apartamento, mas entrando em contato com vacas e arco-íris sempre que foi possível. Fiz minha parte. Hoje, eles têm a maior paciência em me reensinar, cada vez, tudo o que esqueço na hora de usar o computador: colar, anexar, editar, deletar, selecionar, enviar, voltar, formatar, arquivar, salvar, não são coisas demais? Têm a maior paciência. Fazem sua parte.

Ganhei alguns prêmios literários, tenho textos traduzidos em lugares engraçados: Japão, Polônia, Holanda. Com tantos lugares mais próximos, por que será que fui parar tão longe?

Em 1989, ganhei o Prêmio Jabuti com *O mundo é pra ser voado* (editora Scipione), o tal que conta a história do adolescente que não sabe o que fazer com o coração, ao se mudar de cidade. Eu também não saberia, talvez porque não sejamos de lugar nenhum, sendo de todos os lugares.

Escrever é bom. Ouvir música? Muito melhor. Ler também, muito melhor. Menos os próprios textos. Nunca releio os meus, e me esqueço deles com facilidade.

Quando convidada para alguma palestra, corro à estante, pra saber responder sobre os pedaços de mim: Ana, Teresa, Mariana, Xuim, Rafa, Pedro, Bernardo, Marden, Fabiano, Tiche, Crispim – tudo e todos – pedaços de mim. Frequentemente eles se encaixam uns nos outros, peças de quebra-cabeças. Deixo-os assim, ligados, como se tivessem vida própria. E têm. Como se soubessem de mim. Sabem.

Vivina de Assis Viana

O autor

Arquivo pessoal

Sou mineiro e estou perdido em Belo Horizonte desde que me deram o mundo de presente. Nasci em setembro, sou virgem. Embora a virgindade tenha-se perdido nestas montanhas de utopias e abismos. Nasci no Dia da Independência, mas continuo dependente da vida, das manhãs, dos ermos e da poesia.

Fiz um quase nada de tudo, inclusive vender pipocas em "velhos circos de tourada". Minha grande decepção foi ter passado por debaixo da lona e ser convidado a sair justamente quando o leão comia o domador. E nessa antropofagia que é o mundo, para não ser devorado, me armei de poesia e prosa e hoje resisto e canto apesar dos fuzis e dos homens.

A literatura é uma companheira legal e fiel. Conheci-a ainda menino e, sem a carteirinha de escritor e sem pedir licença, fui escrevendo o mundo. A matéria do escritor é a vida e esta explode nas esquinas, nos bares, na sala de jantar, nos becos, estádios e corações. A vida é eletricidade. O escritor é o fio condutor desta realidade. E dá choque.

Já fiz teatro, audiovisuais, fui diretor de colégio, secretário municipal de esportes. Já ganhei prêmios literários. Tenho mais de vinte livros publicados. Alguns esperando o selo das editoras, outros na gaveta da cabeça. Hoje bebo poesia e falo cachaça.

Pai, mãe, sete irmãs e um irmão nasceram em Mesquita, cidadezinha que parou no tempo e no mapa de Minas, ainda bem. A caçula e eu nascemos na capital e nem por isso somos capitalistas. Miriam, Pablo, Mariana e Thiago ajudam-me a sedimentar e plantar a paixão, a poesia e o pão nosso de cada dia. São Francisco é meu santo, meu irmãozinho, meu rio, minha sandália e minha lua cheia de fé e sol. Confesso que há essa contingência que chamamos amor. Que às vezes é fel, às vezes é flor.

Só sei que do nada, sei um pouco, e de tudo, um quase nada.

Ronald Claver

Entrevista

Na obra *Ana e Pedro*, as personagens nos permitem uma bonita viagem por meio das cartas que escrevem. Nessa troca de correspondências conhecemos os sonhos, os desejos, as tristezas de dois adolescentes. Agora, vamos conhecer um pouco da viagem que é escrever um livro, conversando com os autores Vivina de Assis Viana e Ronald Claver.

Perguntas para Vivina:

VIVINA, VOCÊ JÁ CONTOU QUE A IDEIA DA ESCRITURA DO LIVRO *ANA E PEDRO* NASCEU DE UMA CONVERSA ENTRE VOCÊ E A EDITORA, A TAMBÉM ESCRITORA SONIA JUNQUEIRA. VOCÊ PODERIA CONTAR PARA OS LEITORES COMO É A RELAÇÃO ENTRE O AUTOR E O EDITOR?

• Existe de tudo, de todos os jeitos. Às vezes não conhecemos o editor pessoalmente, nem antes, nem durante, nem após a edição do livro. (Se isso sempre aconteceu, atualmente deve acontecer mais ainda. Com fax, *e-mails* e disquetes, só transportamos nossos textos pessoalmente até a editora se gostarmos muito de dirigir, ou se nos dispusermos a perder tempo no trânsito.) Outras vezes, conhecemos o editor ao longo da produção do livro, que sempre dura "alguns muitos" meses. Claro que podemos nos tornar grandes amigos – profissionais ou pessoais –, como acontece com todas as pessoas que se cruzam por aí, todos os dias. Outras vezes ainda, já somos amigos do editor, como aconteceu com *Ana e Pedro*. Conheci a Sonia pelos livros dela, lindos, da Coleção Estrelinha. Depois ela me conheceu pelos meus. Um dia nos encontramos, vimos que tínhamos o que falar uma pra outra além dos livros, estamos falando até hoje, e sei que o assunto não vai acabar nunca...

QUAL FOI SUA PRIMEIRA EXPERIÊNCIA COMO ESCRITORA?

• Meu primeiro livro publicado foi *O dia de ver meu pai*, em 1977. Minha primeira experiência como escritora deve ter sido quando comecei a ver, a ler e a escrever o mundo pelos olhos de meu pai e pelas mãos de minha mãe. Fui alfabetizada por ela, à noite, na cozinha da fazenda onde nasci e cresci, se é que a gente cresce.

Grandes autores brasileiros como Aníbal Machado e Carlos Drummond de Andrade são citados por sua personagem Ana. Atualmente, é comum ouvirmos dizer que o jovem brasileiro não lê ou não consegue entender grandes autores, os clássicos da literatura. Você concorda com esse ponto de vista? Que sugestões você daria para reverter esse quadro?

• Não sei se concordo, mas sei que não saberia reverter o quadro, se ele for verdadeiro. Conheço muitos jovens que leem tanto quanto minha geração – quando jovem – leu. Outros não leem nada, nunca, como muitas colegas que tive, nos tempos de internato, em Minas. Penso que o mundo e as pessoas são mais ou menos os mesmos, através dos séculos. No entanto, claro que reconheço o abismo existente entre os estímulos do mundo atual e a quase ausência de tudo, dos tempos de antes. Fui uma criança e uma adolescente que habitava um mundo sem televisão e sem esferográfica (não preciso citar o computador, claro), e isso dá uma dimensão do abismo, não? Mas os jovens, felizmente, continuam teimosos, e muitos estão por aí, lendo. No metrô, nos ônibus, no trânsito (esperando o farol abrir), no sofá da sala, nos bancos escolares, nas filas dos cinemas, seja onde for. Leitura não escolhe lugar, e alimenta a alma.

Você poderia falar um pouco da sua experiência como leitora? Que livros marcaram, por exemplo, a sua adolescência?

• Minha adolescência – e, consequentemente, minha vida – foi marcada pelos livros de Karl May, autor alemão que, sem sair da Alemanha, escreveu uma série de livros chamados de "aventuras", sobre os índios norte-americanos, sobre os povos árabes e sobre tantas outras coisas e gentes que até hoje eu desconheceria, se não o tivesse lido. Impossível citá-lo sem me lembrar de que talvez tenha sido o primeiro autor a me fazer chorar pra valer, travesseiro na cara (eu estava lendo o *Winnetou* deitada na cama de minha avó paterna, na fazenda), feliz e infeliz. Já adulta (se é que isso existe, insisto), chorei com *São Bernardo, Marcoré, Cem anos de solidão, Lavoura arcaica, Eu vi mamãe nascer, Morte e vida severina, Nunca te vi, sempre te amei.* Quero e espero continuar chorando.

EM ENTREVISTA À REVISTA *SUBMARINO*, DE JANEIRO DE 2001, O AUTOR RICARDO FILHO DISSE QUE A IDEIA DO LIVRO *A N@VE DE NOÉ*, EM QUE ELE E MAIS NOVE PRIMOS (TODOS DESCENDENTES DE GRACILIANO RAMOS E DE JORGE AMADO) ASSUMEM A IDENTIDADE DE ADOLESCENTES E TROCAM *E-MAILS*, FOI INSPIRADA EM *ANA E PEDRO*, SEU LIVRO EM PARCERIA COM CLAVER. O QUE VOCÊ ACHA DISSO?

• Pois é, quando o Ricardo Filho, que eu conheço desde menino (convivi e trabalhei com o pai dele, o também escritor Ricardo Ramos), me telefonou, dizendo que havia feito esta declaração, minha primeira sensação foi de pura emoção. O filho do meu amigo estava escrevendo e, generoso como os pais, se lembrava de mim. Depois, lida a entrevista e passados alguns dias, percebi que, além da emoção inicial, havia outra, resultado dos caminhos que o livro percorre, inimaginados pelo autor. Se meu livro com o Ronald dava origem a outro, igual na concepção e absolutamente diferente na realização – por motivos óbvios –, que mais poderíamos desejar? Ah, e parabéns para a Sonia Junqueira, "culpada" de tudo isso...

SABEMOS QUE, COMO SUA PERSONAGEM ANA, VOCÊ GOSTA DE ESCREVER E COLECIONAR CARTAS. COMO VOCÊ VÊ O PAPEL DA CARTA NA ERA DA INFORMÁTICA?

• Do mesmo jeito. Se escrevemos e nos comunicamos, está tudo certo. Como já disse, os tempos mudam, não nós. Se colecionávamos cartas seladas e carimbadas, que colecionemos *e-mails*. A poesia era maior, antes? Ganhamos na rapidez, hoje. O importante é o afeto gerado pela correspondência, e esse a informática não rouba, talvez até fortaleça. Se a Sonia quiser, escrevo outro livro pelo correio, e, se o Ricardo quiser, escrevemos um pelo computador...

O TRABALHO DE CRIAÇÃO DO ESCRITOR É GERALMENTE MUITO SOLITÁRIO. COMO FOI A EXPERIÊNCIA DE ESCREVER UM LIVRO A QUATRO MÃOS? VOCÊ JÁ VIVEU OUTRAS EXPERIÊNCIAS COMO ESSA OU GOSTARIA DE REPETI-LA?

• Experiência maravilhosa, sobretudo por ter de dividir absolutamente tudo com o parceiro. Às vezes, uma carta da Ana me fazia supor que a história caminharia em determinada direção. A resposta do Pedro desmanchava tudo, me fazia recomeçar, refazer, repensar. Tive de aprender a pensar junto, e com unidade. Não foi fácil, mas valeu a pena. Se eu faria de novo? A resposta está no item anterior. Resposta claríssima, convite e disposição explícitos...

Perguntas para Ronald:

Em uma das cartas que Pedro escreve a Ana, ele lhe manda uma história, "Fisgando a vida". Como surgiu a ideia de colocar uma história dentro da outra?

• Durante o desenrolar do enredo, Pedro vai se revelando um poeta. Ana o incentiva, quer conhecer os seus escritos. Daí a ideia do conto "Fisgando a vida". A literatura permite esses voos, essas incursões, essas saudáveis loucuras. A personagem cria uma outra personagem. A personagem sai dele e se revela em outra. É a intertextualidade tão falada por nossos professores e críticos.

Ainda que "Fisgando a vida" seja uma história inventada, ali você coloca questões muito reais, como a degradação do meio ambiente e o desemprego. O que você gostaria de falar a respeito desses assuntos para seus jovens leitores?

• A história é inventada, a realidade, não. O local existe. Fica no lago artificial de Três Marias. Havia uma fábrica que despejava esgoto químico no rio São Francisco. Não sei se continua. Isso é um crime. Na nascente do São Francisco, lá na Canastra, há muita extração de minério, e o mercúrio é usado indiscriminadamente. As florestas estão sendo banidas. O rio está morrendo de sede, e o homem do interior vai para a cidade grande e se torna mais um desempregado sem teto. É preciso reverter a pirâmide social que assola o Brasil. Diminuir a distância entre a boca e o garfo do brasileiro. É preciso distribuir melhor a renda do país. É inconcebível um país tão rico e tão injusto. Uma vez perguntei em versos:

Que país é este
onde um tem demais
e o outro subtrai
Onde um é político endinheirado
e o outro nem assalariado
Onde um tem o bolso cheio
e o outro abaixo do meio
Que país é este e qual o seu preço
no mercado do engodo e do avesso?

É preciso ser feliz. Ser feliz é preciso. Nascemos para brilhar. O sol faz bem e deve ser para todos.

NESSA MESMA CARTA, SUA PERSONAGEM DIZ QUE: "ESCREVER É TER PACIÊNCIA E ESPERAR. UM DIA A HISTÓRIA ACONTECE". VOCÊ PODERIA FALAR PARA SEUS LEITORES COMO É SEU PROCESSO DE CRIAÇÃO?

• É por aí. Não existe uma auréola, uma inspiração divina. O escritor não é uma máquina de escrever. É um operário da palavra. Primeiro vem a escolha do tema. Depois, a seleção do vocabulário. Lembramos que escrevemos com palavras e não com ideias. É preciso deixar que as palavras visitem nosso subconsciente, é preciso que elas jorrem sem nenhuma censura no papel. Na etapa seguinte, é hora de cortar palavras. Enxugar o texto. Reescrever quantas vezes for necessário. Finalmente vem o passar a limpo. Dou um exemplo. Se você quiser escrever sobre a rua, primeiramente é preciso ir ao dicionário etimológico. Lá saberemos que a palavra *rua* vem do latim e significava ruga. E ruga não é um sulco, um caminho que temos no rosto? Posteriormente arrolaremos outras palavras que compõem o universo da rua como poste, buraco, asfalto, carro, cachorro, bueiro, gente, moça, namorado, soldado, janela, fim, esquina, etc. Pensaremos nas ruas de nossa infância, de nossas cidades. Nas grandes ruas, nas pequenas, estreitas, íngremes ruas que conduziram e conduzem nossos passos. Percorreremos as ruas que nos levam à pessoa amada, nas ruas do coração. Olharemos pacientemente para as ruas que correm em nosso caderno e esperaremos pelo seu trajeto e trânsito. Depois, muito depois vai acontecer, com certeza, uma rua, em forma de texto em sua folha branca e mágica.

Pedro criou um pseudônimo para assinar os poemas, Big Ben. E você, já escreveu ou escreveria sob pseudônimo? Em que circunstâncias?

• Nunca escrevi. No passado, as mulheres usavam pseudônimos porque não podiam assinar os próprios textos. No modernismo, foi comum o uso de pseudônimo. Há alguns que viraram nome artístico, como foi o caso de Malba Tahan. Criei um para assinar alguns poeminhas que ando cometendo, mas é tão óbvio que não engana ninguém: Claver de Luna, o poetinha da rua. Aí vão dois poeminhas que ele cometeu:

Queira-me livre, leve
Levemente dolorido
Luar.

. . . .

Te quero perto
Do coração
Dentro do coração
Dos olhos
De corpo inteiro.

A personagem Pedro participa de comícios e se preocupa com o futuro político do país. Dê sua opinião a respeito da importância da participação do jovem nos movimentos políticos.

• O exercício de cidadania deve começar cedo. Só o voto pode mudar o país. Somos políticos por natureza. A política é bela. É jogo. E quem deve ganhar é a sociedade. Precisamos de políticos que amem o povo. Que tenham um belo currículo e não um prontuário policial. A corrupção é devastadora. Nojenta. Imoral. A prática da democracia nos leva ao depuramento. Seria interessante que todos lessem *O analfabeto político*, do Brecht. O jovem precisa questionar, brigar, fazer valer o seu direito, para não ser enganado pelos corruptos que assolaram e assolam o país.

Pedro escreve de forma muito poética e gosta de citar poetas. E o escritor Claver, que poetas leu na adolescência? Em que medida esses poetas influenciaram, ou influenciam, sua escritura?

• Gosto de poesia. Gosto de ler. De falar poemas. Tenho até um projeto que de quando em vez acontece nos bares de Belo Horizonte, A Noite da Poesia e da Cachaça. Tudo natural, genuinamente nacional. Gosto dos clássicos. Dos sonetos de Camões, do Cântico dos Cânticos da Bíblia. Gosto do lirismo de Gonçalves Dias. Do arrebatamento de Castro Alves e do amor de Marília de Gonzaga. De Drummond, quem não gosta? Vinícius, Neruda, Pessoa, Quintana, Thiago de Melo, João Cabral de Melo Neto e da doce e bela Cecília Meireles. Há tantos e tão bons que ficaria aqui a vida toda enumerando-os. Eles foram e são meus mestres. A poesia que nada ensina, ensina tudo. Ela mostra a verdade pelo avesso.

QUAL FOI SUA PRIMEIRA EXPERIÊNCIA COMO ESCRITOR?

• Foi com os franciscanos em Santos Dumont, Minas Gerais. Lá fazíamos (nós, os alunos, sem muita interferência dos frades) uma revista, *A Alvorada*, na tipografia do seminário. A capa era uma xilogravura. Nós fazíamos a edição e a crítica. Depois fiz um jornalzinho, *A Pelota*, que era mimeografado a álcool e distribuído para os craques (todo mundo era craque) do Ermelinda F.C., time da várzea de Beagá. E a bola rolou na ponta de meu lápis e no verde campo da imaginação e no branco de meu caderno e espero que continue rolando e que um dia faça um gol.

COMO FOI A EXPERIÊNCIA DE ESCREVER UM LIVRO A QUATRO MÃOS COM A VIVINA? GOSTARIA DE REPETI-LA?

• A experiência foi ótima. O resultado, melhor ainda. É bom dividir as personagens e a história com alguém. Partilhar belezas é o bem maior. Que venham outros livros, outras personagens e outras viagens.